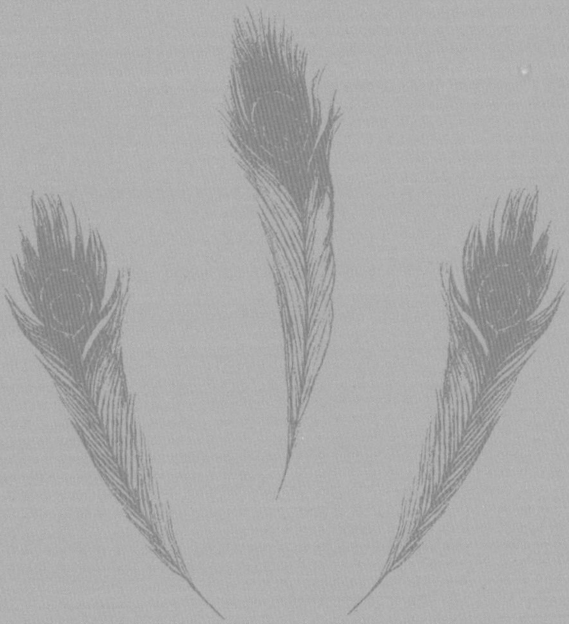

公主不在城堡裡

THE RESTLESS GIRLS

JESSIE BURTON　ANGELA BARRETT
潔西・波頓——著　安琪拉・芭蕾特——繪

林步昇——譯

目次

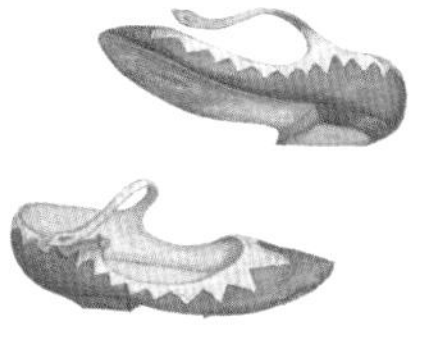

第一章

芙烈達公主與悼念之簾

在離你不大遙遠的地方，有個名叫卡麗亞的王國，景色十分秀麗，如果有時間，絕對值得一訪。卡麗亞的首都拉哥普耶拉是座古城，船員與訪客由港口進城，率先映入眼簾的便是城堡的穹頂，圓弧在陽光下閃閃發光，上頭漆的顏色就像卡麗亞海，有著浪花般的銀白與廣無邊際的湛藍。岸邊沙灘閃著耀眼的金光，祖母綠的田野如羽絨被般綿延，層層山巒像巨人般聳入天際。

你可能會想像，這個故事裡的每位公主，生長於卡麗亞王

國，從小到大沒離開城堡半步，卡麗亞海的美景又盡收眼底，生活想必過得幸福快樂。

不過，事實恰好相反。

＊

卡麗亞王國一共有十二位公主，大公主名叫芙烈達。芙烈達聰明絕頂，懷抱許多夢想，但她最心心念念的，就是有朝一日能駕駛飛機。

再來是波莉娜公主，她擅長解讀星象。

然後是羅爾娜公主，她心地善良，也最為早慧。

接著是擁有一流繪畫天分的艾瑞絲達公主。她十歲時，沒有經過國王或皇后的允許，就擅自剪了頭短髮（髮型十幾年來都沒變，依然跟她的氣質很搭）。

下一位公主名叫雀莎，只要聽她歌唱，就會感到心碎，直到她以爵士風的詠嘆調為你療傷。

然後是貝禮娜公主，她自學了五種語言。

七公主名叫薇塔，生性開朗，她的笑聲總是讓人精神一振。她的運氣最好，也最會講笑話。

接著是瑪瑞拉公主，她最喜歡算數了。數字就像一群聽話的小熊，在她腦海裡開心的跳舞。

然後是狄萊拉公主，對種植花花草草很有一套，就算是最難照顧的植物，交給她都能生長得很好。

下一位公主是芙蘿拉，走到哪裡都不忘閱讀，手中有時捧著一本書，有時拿著一份報紙，有時則讀著餅乾盒側邊的標示。

再來是愛蜜莉公主，她立志成為獸醫。

年紀最小的公主是亞妮絲，也是觀察力最敏銳的。她希望長大後能當一名作家。

那她們的父母呢？

嗯，問題就在這裡，父母常常是問題的源頭。

蘿莉亞皇后是十二位公主的母親，在這個故事開始前就去世了，不過故事也要從她的死說起。蘿莉亞生前十分健談，經常駕駛著一台賽車──開放式車頂、真皮座椅，她熱愛追求速度的刺激，結果出了車禍而喪命，使得女兒們生平首次嘗到生命的不公與苦澀。

公主很小的時候，無法理解母親為何如此熱中奔馳的快感。她戴著護目鏡，頭髮隨風飛舞，車身閃著光澤，轉眼就消失於山的另一頭，轟隆隆的引擎聲嗡嗡遠離，隨之而來的是一片沉寂。蘿莉亞皇后過世後，亞妮絲晚上睡覺時，偶爾會感覺胸腔傳來一股振動，迴盪著母親車子的引擎聲，但醒來後，才發現原來是愛蜜莉的鼾聲。亞妮絲發覺，現實與夢境同樣能帶來安慰，而且有時很難分辨彼此。

想當然，蘿莉亞皇后留給女兒們的不是珠寶與首飾，而是她在走廊上唱過的一首首歌曲，她說過的一則則床邊故事描述著外面的世界，字字句句都像鳥兒般棲息在公主們的腦海中。皇后死後，時間日復一日、週復一週、月復一月的流逝，那些字句也化作女兒的話語，成為她們生命的一部分。

十二位公主的父親名叫艾伯多，也就是卡麗亞的國王。就這個故事來說，艾伯多國王可以說很重要，也可以說不重要，就跟大部分的事物一樣，取決於你觀看的角度。若不是艾伯多的國王頭銜，女兒們也當不成公主。不過，偷偷跟你說，我覺得，國王所有的女兒都不太喜歡當公主。戴著鑲有珠寶的王冠、大小雜事都有人代勞——聽起來也許新鮮好玩，但不久就會心生煩膩，甚至連煮蛋給自己吃，都像度假般令人興奮。

蘿莉亞皇后死後，艾伯多國王就彷彿變了個人，寧願自己吃掉整塊蛋糕，也不分給其他人一片，還會找莫名的藉口處罰自己的女兒。但這樣的事情其實並不稀奇，世界上多得是看人臉色的孩子。艾伯多與蘿莉亞沒生兒子，我想這也是問題所在，因為蘿莉亞皇后死後，艾伯多連一個女兒都應付不來了，更何況是十二個女兒。以前，都是皇后在照顧孩子，滋養公主們的想像力，充實她們的知識。

如今，她卻不在了。

艾伯多從小到大，對於異性沒有半點認識。他當王子的時候，玩伴都是男孩；他當國王的時候，幕僚也清一色是男人。在卡麗亞王國，女性向來不受重視，即使是公主也是一樣。舉凡騎馬、馴鷹、打獵、繼承王位、徵稅等等才叫作大事。蘿莉亞皇后在世時，她會盡其所能的鼓勵女兒，長大後追求自己的生活。可是，皇后單憑一己之力去衝撞制度，實在難以撼動歷史長期以來累積的束縛。她小時候更缺乏這樣的榜樣，甚至沒有人認為女孩需要認字。

卡麗亞王國的每個女孩都一樣，命運掌握在別人手中，自身的希望與夢想被擠成一團，猶如黏糊糊的青苔。只要生來是女孩，無論小號演奏得多好、向日葵種得多漂亮、詩寫得多出色、數學解題技巧多厲害，都不重要，女孩唯一能盼望的，就是嫁進好人家，並祈禱丈夫別把生活的樂趣全都奪走。女孩的心情沒有人在乎，好像她們沒被當成一回事，跟向日葵或小號沒什麼兩樣。

為蘿莉亞皇后服喪的第一週，艾伯多國王開始不讓女兒們上音樂課。他說自己再也不敢聽雀莎唱歌，因為實在太像她母親了。接連好幾天，雀莎公主都沒有開口，連話都沒說半句。

到了第二週，數學家教也被解雇了，因為公主不必學算術。瑪瑞拉公主只好整天躺在床上，手指碰手臂的，想像自己在敲著乘法表。

然後是第三週，公主們的植物課被停掉了，也不准外出到雄偉的卡麗亞群山，採集植物標本帶回城堡實驗室。狄萊拉公主本來就愛呼吸新鮮空氣，其他公主也都喜歡到山中，高高的樹頭常有羽毛豔麗的鳥兒相互啁啾，沿途還有許多野花恣意綻放。

回到城堡，生活變得死氣沉沉。從前蘿莉亞皇后細心裝飾的明亮牆面，如今全都罩上了深黑的天鵝絨。室內不准開電燈，只能點上蠟燭。但憑藉微弱的燭火，仍舊難以照亮這些幽暗大房間的每個角落。

侍女、廚師和管家沿著走廊匆忙的來來去去，身影拉得細長又巨大，每個人都默默低著頭走，地毯上積滿了灰塵，沒有人負責清理。

無論是燦爛的太陽、壯闊的大海或蔚藍的天空，全都被關在窗外，只剩憂鬱籠罩著公主們的日常生活。

不久前，城堡裝設了電話，蘿莉亞皇后為此興奮不已，這樣就能跟嫁給別國國王的姊妹通話了。然而，電話線也被拆了。公主們先前都萬分期待聽到悅耳的金屬鈴聲，鈴聲一響，公主們就樂不可支，不曉得又是哪位親戚從遙遠的地方撥電話來。

如今，電話再也不會響了。

服喪第四週，艾伯多國王沒收了更多東西：

艾瑞絲達公主的畫圖用具
所有的小說、詩集、辭典、百科全書、地圖、漫畫和報紙
瑪瑞拉公主的化學實驗箱
愛蜜莉公主那本教人如何照顧生病老虎的手冊
亞妮絲公主的打字機
波莉娜公主的望遠鏡
狄萊拉公主的溫室鑰匙（溫室裡的植物沒人照顧，已經開始枯萎了）
皇后的留聲機，以及每張爵士唱片

正如我先前所說，所有公主裡頭腦最好的就是芙烈達，她將飛機的操作手冊藏在收內衣褲的抽屜裡。但無論多麼聰慧，公主們的生活都陷入了前所未有的低潮。

艾伯多國王還對所有公主說，一律不准再踏出城堡半步。

「為什麼？」芙烈達抗議，身旁像往常一般圍著其他公主，「您不可以把我們關起來。」

「我是國王，我說了算。」艾伯多說，隨後嘆了口氣，把手伸進王冠裡頭，抓了抓日漸光禿的頭頂。「我是因為很愛妳們才這麼做的，」他又說：「妳們要是有什麼萬一，我要怎麼辦？城堡外面的世界太危險了。」

「城堡裡面明明一樣危險。」芙烈達一邊嘀咕，一邊看著父親匆匆離去。他幾乎是連走帶跑的逃開，彷彿每位女兒都有死去皇后的影子，他只要多瞧幾眼她們的臉龐，就會悲傷到無法自拔、癱軟在地。

如今，公主們就連眼睛和手腳都不像自己的，內心蒙上一層陰影，無論走到哪裡，都被城堡護衛緊緊盯著，視線所及、雙手所碰都屬於父親的掌管。

公主們對母親的思念像菌絲般在體內滋長，面積愈來愈大，裡裡外外整個包覆住她們，悄悄滲透，凝結成一層痛苦，進而將她們吞噬殆盡。而原本她們還有些生活樂趣，可以暫時獲得喘息，稍微抵抗菌絲的侵蝕，提醒自己依然活著，並且值得好好享受生命，但也全都被艾伯多國王奪走了。公主們深深覺得，自己跟死去的母親沒有兩樣。

對此，芙烈達先是非常難過，接著轉為困惑，最後恍然大悟，內心升起一股憤怒。她這才明白賽車對母親的意義，母后熱愛的不是車子本身，重要的是賽車帶來的變動感與方向感。芙烈達對妹妹們說：

「妳們想想，真要說起來，只有開賽車的時候，母后才能感覺到自由。還有，我受夠只能默默抱怨了。」

芙烈達的個性向來是說到做到。

在某個關鍵的下午，公主們又熬過了百無聊賴的早晨，活像十二隻關在籠中無法下蛋的小雞。芙烈達再也按捺不住，氣沖沖的穿越一條條走廊，打算找父親理論。波莉娜和羅爾娜緊追在後，努力跟上她的腳步。另外九個妹妹則落在後頭，宛如胡亂飛舞的蝴蝶。

艾伯多國王一如往常的待在大殿內，四周的窗簾全都拉上，幕僚們站在陰影中待命，不曉得如何應對日益難相處的陛下。

「父王陛下，」芙烈達趨上前，「這樣太不公平了，您自己也知道。我們要怎麼悼念母后，不是您說了算啊。」

「拜託不要來煩我，」艾伯多國王說：「我看到妳就難過。」

「父王，」芙烈達仍舊不放棄，「我們知道您很難過，但是我們也很難過啊。為什麼不讓我們繼續上課、彈奏音樂、讀書和畫畫呢？只要做這些事情，就能覺得母后還陪著我們。」

「妳母后已經不在了！」國王大吼，「她走了！死了！都怪她自己太愚蠢，當然也要怪我，居然答應讓她玩那該死的賽車！」

「她很愛那輛賽車啊。」芙烈達說。

「哼，賽車不愛她有什麼用，」國王反駁道，臉部表情扭曲，像極了賣相難看的蘿蔔。「我要叫人砸爛那台車。」

「不行！」

「芙烈達，」艾伯多說：「我是國王，沒有誰攔得住我。」

芙烈達不管國王怎麼講，自顧自的說：「我會找宮廷技師幫忙，一起修好車子。」

「不准！」艾伯多國王厲聲喝斥，語氣充滿不耐，「女生跑去修車，以後會嫁不出去！」

「修好母后的車子，跟我嫁給誰有什麼關係？」芙烈達提出質疑。

（你可能也注意到了，芙烈達很有自己的堅持。）

艾伯多國王圓潤的臉龐像番茄般漲紅，眼神轉向另外十一名女兒，她們全都站在芙烈達後面。

「妳們一個個都是炸藥！」艾伯多咆哮著，「不管是我，還是這個國家，都會被妳們搞得爆炸——砰！皇后的教育方式太離譜了，難怪妳們到現在都沒有人想要。妳們平時從事的活動，根本就不是女生該做的事。看看妳們的母后，她落得什麼下場，把命給丟了，死了！我受夠了，我受夠了！」他重重的捶著王座扶手，王冠被震得微微歪向一邊。

「我們才不是什麼炸藥，」芙烈達說：「您的每個公主都如此優秀呀。」

艾伯多國王無視她，高舉著雙手說：「噢，為什麼，為什麼老天爺偏偏就不賜給我們一個兒子呢？只要一個就好，不求多，一個小兒子就好！我只有這個小小的心願！我老了，覺得自己好像一百歲了——看起來更像兩百歲的老人，居然沒有子嗣！」

「但是您有十二個女兒啊。」芙烈達說。

艾伯多早就習慣跟芙烈達這樣你來我往了。自從她學會說話以來，父女倆就常常意見不合，艾伯多同樣有著自己的堅持（其實，我覺得他有時滿樂在其中的）。

「我有十二個女兒，」他說：「那又有什麼用呢？我的王國不能交給女人繼承啊。」

「誰說的？」芙烈達說。

艾伯多猛然從王座上跳了起來，彷彿大女兒剛才用鱒魚甩了他一巴掌。「法律規定的！」他大喊。

「陛下，」芙烈達耐住性子說：「您就是法律啊。」

站在一旁的幕僚們坐立難安，活像一群受驚嚇的鴿子。艾伯多國王坐回王座上，默默的揉著下巴。那一瞬間，他似乎真的覺得芙烈達有幾分道理，教人看了既煎熬又欣喜。小公主亞妮絲感到一陣雀躍，她心想，不虧是芙烈達，腦筋轉得真快。每位公主也都燃起了一線希望。

但是父親隨即瞪著她們，眼神充滿了恐懼，宛如正在看著死去的妻子，彷彿她逝去的容貌映照在十二面鏡子上，而一張張稚嫩的面孔訴說著懼怕。「妳們沒有一個擁有治理王國的本事。」他說。

芙烈達在他面前雙膝一跪，張開手臂說：「那是因為沒有人教過我們！但是我們都很願意學啊。打從出生以來，我們不也跟您的幕僚們朝夕相處嗎？我有能力治理王國，我對自己有信心。就算我不行，波莉娜公主也可以，再不然還有……」

艾伯多不屑的用鼻子哼著氣。「波莉娜？妳是說那個整天只會盯著望遠鏡看星星的波莉娜嗎？」

「但是，父王，」波莉娜說：「天空中確實還有很多我們不認識的……」

「我不管，」艾伯多立即打岔，指著地板說：「地面上的東西才重要，誰管天空有哪些星星。」他隨即將傾斜的王冠扶正。

「父王，」芙烈達忽然站了起來，在王座前面來回踱步。「我希望您幫我個忙，試著想像一件事就好。可以嗎？」她滿臉狐疑的望著自己的父親，彷彿他的想像力已消失殆盡。「想像您什麼事都不能做，只能呆坐在那裡。」

「那有什麼不好。」

「呆坐在那裡，想著結婚的事，其他什麼都不能想，只能想像自己要嫁給某個還沒出現的人。想的時候，還不能坐在窗邊看風景，因為窗戶全被黑布蓋住了。」

「妳給我冷靜，」艾伯多說：「這是對皇后的悼念。」

「我們繼續過好以前的生活，才是悼念她的方式。」

「陛下，」亞妮絲受到姊姊的刺激，忽然開口說話，「想像……想像我們的心是一頭頭獅子，需要跳出來吃喝玩耍，這樣才會長大。」

芙烈達開心的大笑，接著說：「說得太好了，亞妮絲，我們的心就是獅子！」

「什麼？妳們的心？」艾伯多急促的說：「妳們才不是獅子！真是太荒唐了，簡直異想天開。亞妮絲，妳太幼稚了。」

他把眼神從小女兒移到大女兒身上，接著說：「芙烈達，拜託妳當這些妹妹的榜樣。想想妳們未來的婚事吧。再聰明的女人，都不可能當上一國之君。」

芙烈達瞇起雙眼說：「您希望我當妹妹們的榜樣嗎？」

艾伯多的手臂交叉，盯著眼前這名叛逆的女兒說：「是的，芙烈達，我由衷的希望。」

「遵命，陛下。」她說。

艾伯多鬆了一口氣，但在場其他人更清楚芙烈達公主的脾氣。頓時，所有人沉默不語，等著看她接下來的行動。

芙烈達抬頭挺胸，走向某扇窗戶的簾子。

眾人這才明白她打算做什麼，此時幕僚們趕緊齊聲叫她住手。

但是芙烈達不為所動。

她用力一扯、拉開窗簾，只見金黃光芒灌了進來。

「成何體統！」艾伯多國王咆哮著。那一瞬間，他的眼睛睜不大開，只是很難說究竟是陽光太過刺眼，還是女兒的氣勢太過強悍。

芙烈達像幽靈般在窗簾之間快速移動，拉開一面面黑色的簾子，在場的幕僚和侍女們都嚇得閉上眼睛。天鵝絨與塔夫綢紛紛落到地上，金粒般的灰塵在王座周圍飛揚。艾瑞絲達衝過去幫忙，貝禮娜跟在後頭，接著是雀莎和狄萊拉以及瑪瑞拉、波莉娜和愛蜜莉、芙蘿拉和薇塔，最後是羅爾娜和亞妮絲，十二位公主用雙手迎來一道道陽光，整間大殿頓時光芒普照。

沒有人阻止得了她們。

也沒有人敢接近她們。

父親的王位根本不算什麼。

只不過是一張椅子，被帶著哀傷的陽光染白。

第二章

艾伯多國王的錯誤決定

芙烈達會為自己那天在大殿的行為感到後悔嗎？我覺得並不盡然。畢竟，誰會後悔享受那一方陽光呢？但是，這件事讓她與十一名妹妹承受了嚴重的後果。正如我先前所說，那個關鍵的下午改變了她們的命運。

雖然艾伯多國王一再揚言要砸爛蘿莉亞皇后的賽車，卻沒有真正狠下心來。他叫人修好車子，然後鎖在城堡車庫裡。車子漸漸積起了灰塵，還有一窩老鼠將乘客座椅當成了自己的家。

正當公主們以為生活已經夠糟了，卻發生了更悲慘的事。

窗簾事件後過了三天，艾伯多國王在幕僚的陪伴下，召集女兒們來到城堡深處一個從沒看過的房間。

「妳們待在這裡最安全了。」他說。

這時，公主們個個無精打采，沒怎麼仔細留意四周。當她們抬起頭來，環顧自己的新房間，才紛紛吃驚的瞪大眼睛。

房間內沒有任何窗戶，總共擺了十二張床，左右各六張、兩兩相對，旁邊是一小間浴室。兩排床鋪盡頭的牆上，掛著蘿莉亞皇后的巨幅肖像畫，是她駕駛賽車時的打扮，彷彿要提醒女兒逾矩的下場。

「太誇張了。」艾瑞絲達盯著那幅畫說，其他公主都不忍直視母親的畫像。

「您不可以這樣對我們。」芙烈達轉身對父親和幕僚們說，某幾位幕僚還一臉傲慢又得意的樣子。「以前我們都會到拉哥普耶拉市區和山裡玩，在城堡實驗室研究化學，還自己組個小樂團演奏音樂！現在，您要囚禁我們？」

「這是為了妳們好。」艾伯多國王回答，他完全面無表情，比生氣時更令人討厭。

「我才不要，」芙烈達說：「我們生來就注定能自由的在卡麗亞海上航行，大家以前都這樣告訴我們，您自己也一直都這樣說啊。」

「我確實說過，但是快樂的日子結束了。」

「我們應該要繼續過著快樂的日子才對。您寧願將我們像犯人一樣關在這裡，讓我們連海浪聲都聽不到嗎？您寧願我們困在這個小房間裡生活，成天看著母后冷冰冰的肖像……」

「芙烈達，住口！」艾伯多說：「妳個性這麼衝，小心有一天衝過頭。」

「才不會，」她馬上回嘴，「我還怕自己衝得不夠呢。」她牽起亞妮絲微微顫抖的手。

「您不是認真的吧，父王。」波莉娜接著說，試圖說之以理，好緩和當下敵對的氣氛。

「我非常認真，」他回答：「妳們每天可以放風一小時，在城堡裡頭散散步。」

芙烈達依然沒有放棄，轉頭對國王的幕僚們說：「各位難道不認為，為了卡麗亞王國的未來，我們應該拿回自己的望遠鏡和打字機嗎？各位難道不認為，與其擔心公主們聽不聽話，更應該關心農作物的收成，以及鄰國外交嗎？」她的聲音帶著一絲恐懼，其他公主也跟著害怕了起來，紛紛挨在她身後，緊緊的靠著彼此。

幕僚們的眼神閃避，但芙烈達說得沒錯（只要談及國家大事，芙烈達通常都站得住腳，只是從來沒有人聽得進去）。卡麗亞王國正逐漸分崩離析，艾伯多卻一心只想著將女兒們關起來保護，而不認真處理國政。

這些幕僚都不想丟了飯碗，只能沉默以對。芙烈達滿臉厭惡，抬起下巴說：「懦弱！」唯有克倫斯露出羞愧的神情，他是國王身邊最年輕的幕僚，身形瘦長，活像一隻惠比特犬。

「這真是瘋了。」艾瑞絲達說。

「一點也沒瘋，這是講道理。」國王說，他朝向芙烈達揮著一把沉甸甸的鐵鑰匙。「進去吧，」他說：「別磨蹭了。還有拜託妳們，」他語帶懇求，「乖乖上床睡覺吧。」

幕僚帶領公主們進房，每人各自找好了床鋪後，便聽到鑰匙在門鎖中轉動，發出駭人又刺耳的聲響，讓人整顆心都沉到腳底板去了。

房間內沒有半點自然光，沒有任何隱私，更無處可以沉思。亞妮絲只能聽著愛蜜

莉的鼾聲，藉此懷念過去熱愛引擎聲的母親。如今，房間內迴盪著十二名少女的騷動，不安爬滿了四面牆壁，卻沒有任何出口。

那一天，公主們學會了一件事：瘋狂與理性之間，僅有一線之隔。

＊

就這樣過了好幾週。十二名公主整天被關在房間裡，每天只有一小時能外出散步，回來時迎接她們的則是母親的畫像。侍女負責將餐點送到門外，她們各自在床上用餐。艾伯多國王下令，她們早晚各吃一餐粥配吐司，偶爾會有顆蜜柑，然而公主們每餐都食不知味。

此外，她們也睡得很不安穩。芙烈達說，她們彷彿一天比一天衰老，母親卻青春永駐。確實，蘿莉亞皇后的肖像表情始終如一，親切卻帶有距離感，嘴巴微微張開，說著她們永遠聽不到的某個字句。「唉，要是母后能走出畫框，帶我們到山裡去，那該有多好。」芙烈達一邊嘆氣，一邊將剝下的蜜柑皮丟到地板上。

此情此景實在令人難過，看到這群女孩無精打采，我差點連字都打不下去了。不過，我已學會一項道理：悲傷來去終有時，唯有打字機恆不變。

想想看，艾伯多國王可以主導女兒們的未來，剝奪她們的興趣與想法，甚至將她們關起來。他命令房間只準備牙刷、頭冠、睡衣和長袍，其餘一律不予提供。但即使身為國王，他也絕對得不到某一樣東西：公主們的想像力。

你有沒有試著窺探別人的想像世界呢？根本辦不到。正因如此，從古至今，人們才會有各種心事或煩惱。即使是自己的想像力，也可能難以掌握——看不見、抓不著，卻感受得到。想像力可以讓我們的日子充滿陽光或風雨交加，也會編織出不可思議、栩栩如生的世界，打開沒見過的大門，揭開屬於自己的祕密。而且說也奇怪，即使身體待在原地，想像力仍然可以自由飛翔。我就親眼見證過。

想像力是這群女孩最強大的武器。

某天晚上，公主們坐在各自的床上，像往常一樣說著故事，竟然發現了一項祕密。這項祕密堪稱一絕，來得正是時候，宛如月光落入無窗的房間，映照在枕頭上面，從此改變了他們的人生。

究竟是什麼？

那就讀下去吧。既然是你，想必沒問題的。

第三章

祕密

那個改變命運的晚上，正好輪到芙烈達公主說故事。妹妹們紛紛爬下床，聚到她的床上——不難想像，那其實滿擠的。她們向來愛聽芙烈達說故事，因為身為長女的她，擁有最多跟蘿莉亞皇后相處的回憶。但是，芙烈達的故事偶爾會半真半假，她都說：「是真是假，誰又分辨得出來呢？」

所有的床頭提燈一如往常般亮著，宛如十二個光球，照著房間各個角落。公主們覺得自己好像住在珠寶盒裡，頭髮與絲質睡衣在燈光下閃著金黃。

芙烈達正準備開始說故事，她提著燈往母親肖像畫一照，突然開口問道：「有人動過嗎？畫歪掉了。」

公主們的目光紛紛移到畫上，還真的歪了，彷彿蘿莉亞皇后正斜斜的望著女兒們。

「我從來沒碰過喔。」芙蘿拉說。

「又不是在說妳。」狄萊拉說。

「大概是薇塔，」雀莎說：「這裡太小了。」

「快說故事，芙烈達，好不好嘛。」羅爾娜察覺大家有些焦躁，趕緊拉回正題。

但芙烈達早已溜下床，站在母親的肖像前面。「等一下，」她說：「妳們有沒有感覺，母后的眼睛像是在邀請我們進去？」

「進去哪裡？」波莉娜說。

芙烈達摸著畫框邊緣，設法要將畫框轉正，但手忽然停住，吃驚的說：「不會吧？這怎麼可能。」

「怎麼了？發生什麼事，芙烈達？」亞妮絲用氣音說著，渾身起雞皮疙瘩，毛髮全豎了起來。

芙烈達轉頭看著妹妹們，臉上是藏不住的驚恐，「妳們可以來幫我把畫搬下來嗎？」妹妹們連忙過去，但畫像重到讓人站都站不穩。十二位公主拖著腳步，在床鋪間移動畫框，合力將它靠到一旁。

芙烈達朝著牆壁舉起提燈。「天哪，」她倒抽一口氣，「我想過這個可能，但是根本不敢指望。」

在晃動的燈火之中，其他公主才明白芙烈達的意思，原本不可能發生的事，居然千真萬確的出現在眼前。

「那是……一扇門嗎？」愛蜜莉悄悄說著。

愛蜜莉說得沒錯，有道淡淡的門板輪廓嵌在牆內，芙烈達伸出手來，居然真的摸得到！真的是一扇門。

「我們先前怎麼都沒注意到呢？」她問，但沒人答得出來。

那扇門的材質跟牆壁一樣，而且沒有任何把手。芙烈達推了推門板，輕易就將門推開了。其他公主湊上來，站在門檻前面，只見眼前一片漆黑，彷彿站在深不見底的坑洞旁。冷風迎面而來，她們不禁屏住呼吸。在寂靜之中，亞妮絲隱約聽到音樂從遙遠的深處傳來，好似單簧管演奏的甜美爵士曲調。空氣中飄來一股未曾聞過的味道，濃烈略帶煙韻，宛如染上黑琥珀氣息的蔓越莓。鈴聲叮噹作響，浪花輕輕拍打。全都讓人心神不寧。

但也帶來無比的刺激。

頓時，所有人不發一語，彷彿在新舊生活的邊界觀望著。

「這會通往哪裡？」瑪瑞拉問。

「好問題，誰知道？我要一探究竟。」芙烈達回答。

「我跟妳去。」薇塔說。

「我也要。」艾瑞絲達也說。

「大家一起去，」芙烈達說：「一個都不能少。」

「可是，說不定裡面很危險，」貝禮娜嚷嚷著，衝到芙烈達的身邊、抓著她的衣角說：「說不定是個陷阱。」

「陷阱？」芙烈達笑著說：「我們已經困在陷阱裡夠久了，不是嗎？」

「我只是怕發生什麼意外，父王搞不好會說……」

「他什麼都不會說的，妹妹，因為我們才不會告訴他，」芙烈達說：「貝禮娜，妳想想，什麼事情會比繼續再被關一晚還可怕呢？」

貝禮娜咬了咬嘴唇。

「小貝，」羅爾娜說：「芙烈達說得沒錯，要我在這個小房間再待一個晚上，除了數數羊等睡著、擦擦頭冠之外，什麼事都不能做，我可能真的會發瘋。」

「我不敢相信自己還沒發瘋，」愛蜜莉說：「我們走吧。」

「妳們兩個說得對，」芙烈達說：「這扇門正好是我們需要的出口，快走吧！」

她催促著，「穿好長袍和鞋子，帶上提燈，保持安靜，不管走到哪裡，父王的守衛都可能在牆壁另一邊等著。」

公主們拿了提燈、穿上鞋子，跟著芙烈達走到那道神祕的門前面。

芙烈達拿提燈照了照門檻，一道光亮劃開黑暗，宛如從橘色火焰迸出的舞者，四處跳躍奔馳、尋找方向。妹妹們在旁邊屏息以待，等著她說看見了什麼。

「有樓梯耶！」她壓低音量說：「而且樓梯一直往下延伸到盡頭！階梯多到難以想像，暗到什麼都看不見。」

儘管如此，公主們依然一個接著一個，跟在芙烈達後頭，

她們往下走，往下走，

往下走，往下走，

將提燈舉得高高的，

鞋底踏在石階上，

發出陣陣聲響，

腳步聲不斷在樓梯間迴盪。

這座樓梯似乎已經多年無人使用，不時有蜘蛛網沾到她們的臉龐和頭髮，還有一股潮溼的霉味，空氣充滿寒意。

「芙烈達，妳覺得母后來過這裡嗎？」瑪瑞拉問：「她跟妳說過樓梯的事嗎？」

芙烈達沉默了一會兒才說：「印象中她似乎提過，但是我那時還很小。」

「我不喜歡這裡，」波莉娜在芙烈達身後輕聲說著：「我們是往地底前進，遇到蜘蛛怎麼辦？」

「我們回來的時候，星星依然在天上等著妳。至於蜘蛛，牠們還比較怕人呢。繼續走吧。」芙烈達輕聲安撫，「我們一定會有重大發現。」

約莫十五分鐘後，女孩們已經被螺旋向下的樓梯，以及卡在眼睛裡的蜘蛛網弄得暈頭轉向，好不容易抵達了一個平台。她們再度舉起提燈，眼前仍舊一片漆黑，只聽得到自己脈膊的跳動聲，以及冷冽空氣中的呼吸聲。

「我們總共走了五百零三個階梯，」瑪瑞拉小聲說著：「我數過了。」

「我們在城堡下方的深處，」芙烈達說，同時把提燈舉得更高，「妳們看，那裡有出海口！」

其實那並不是出海口，而是一座地底潟湖。湖面寬闊又深不見底，微弱的燈光點亮了湖邊與岩間縫隙，宛如星星般閃爍不定。

波莉娜看到這座湖，不禁納悶自己先前何必那麼緊張。她們彷彿爬到滿天星斗的穹蒼，而不是來到王國的地底深處。眼前景象令人屏息。

亞妮絲一溜煙就跑到湖邊。

「別碰水！」芙烈達急忙阻止，因為她讀過許多類似的故事，誘人的美景往往會為公主招來厄運。

「我才沒有要碰呢，」亞妮絲說：「只是想看看要怎麼穿越這座湖。」

其他公主們也湊上前來，盯著湖水瞧，真的深不可測，宛如永遠醒不過來的夢境。她們發起抖來，潟湖美麗歸美麗，但此地也許不宜久留。此時，耳邊再度響起一陣音樂，又是單簧管的甜美旋律，從湖的盡頭傳來，像是在召喚她們。

「游泳過去吧？」艾瑞絲達邊說邊捲起睡衣的褲管，「我好久沒有下水游泳了。」

「艾、艾瑞……妳確定？」貝禮娜說。

「讓她游吧，」芙烈達說：「我們之中就屬艾瑞絲達最會游泳，妳總不會禁止海豚游泳吧。」

「萬一水裡有東西怎麼辦？」芙蘿拉低聲說。

「水裡本來就會有東西。」艾瑞絲達咧嘴笑著說，隨即坐在潟湖邊，先後將兩條腿伸入水中。所有公主莫不屏氣凝神，幸好沒發生什麼壞事。艾瑞絲達雙腿打起水來，四濺的水花在微光照耀下亮晶晶的。「噢！水超冰的耶！」她驚呼，公主們全都笑出聲來。這可是母親死後，她們頭一回展露笑顏。

見到妹妹無所畏懼，貝禮娜也鼓起勇氣，將手伸進水中。「摸起來好像母后的襯衫喔，如此滑順！」她說。

「可別喝下去喔，」羅爾娜提醒，「看著妳下水已經夠膽顫心驚了。」

「我不會喝，只是想游泳而已，等等回來喔。」艾瑞絲達說。

「不會有事的，羅爾娜，」芙烈達說：「相信我。」

「哇，艾瑞絲達，」狄萊拉語帶崇拜，「妳游起來簡直就像一條魚。」她們靜靜等候，盡可能把燈舉高，想替艾瑞絲達提供照明。時間一分一秒的過去。

「我發現了！」艾瑞絲達大喊，姊妹們都鬆了一口氣。

「發現什麼？」波莉娜大聲回應，「妳一定要小心點啊！」

「等一下，這裡太黑了，」艾瑞絲達回答，接著說：「噢！我發現……那邊有好幾艘小船耶！」

公主們全都歡欣鼓舞、拍掌叫好。艾瑞絲達來回游了六趟，拖回六艘船，每艘船剛好可以載兩位公主。任務完成後，艾瑞絲達才上岸，其他公主們上前把她抱得緊緊的，再紛紛將長袍往她身上裹，直到她牙齒不再打顫。她有一年多沒這麼開心了。

她們兩兩一組，坐上了隨湖面晃動的小船，展開橫渡潟湖之旅。雀莎划著槳、駛入黑暗之中，雙眼盯著前方的湖岸。她口中輕輕哼著一首曲子，想試試上方岩石的回音效果。

公主們本來就愛聽雀莎唱歌，自從艾伯多國王停掉音樂課後，她們就好想念她的歌聲，因此划槳時都盡量放輕動作，希望再度聽到兒時記憶中的美妙歌曲。

這次總算可以如願了。在似乎過了一輩子那麼久後，雀莎深吸了一口氣、閉上雙眼，開口唱起歌來：

漆黑的湖上，女孩划著船，
深入洞穴，在如此夢幻夜晚，
儘管誰也說不上來，
只要抬頭一望，
便會瞧見天空的璀璨。

雀莎的聲音在湖面與岩石間迴盪，產生的回音如夢似幻。「噢，小雀，」芙烈達讚嘆著，她跟亞妮絲共乘一艘小船，「妳的歌聲令我感到舒暢，跟香檳軟木塞彈出的聲音一樣。」妹妹們聽到這番話都笑了，芙烈達說得沒錯，雀莎的歌聲確實讓人精神一振，令血液宛如細緻的泡沫嘶嘶作響。此時，遠方再度傳來單簧管的音樂，好似在回應著雀

莎歌聲中的力量，不耐的要她繼續歌唱。

「以前洗澡的時候，母后都會唱那首歌給我聽。」雀莎唱完後說道，手指一邊撥動湖水。

「嗯，母后是對的，」芙蘿拉說：「妳們快看！」

所有人立即轉頭望向對岸，眼前景象宛如雀莎的歌曲。數分鐘前還一片漆黑，如今在前方巨岩之間，居然透出一道光，剛好有一道縫隙可以讓公主通過。

這道光明亮無比，比公主們在城堡宴會上所用的刀叉更加晶瑩，也好似比月亮更加耀眼，就像在召喚著她們前進，令人感到不可思議。

「那到底是什麼？」愛蜜莉好奇的說，此時公主們逐一跳下船，再把船綁在瀉湖這頭並排的岩石旁。

「要靠近一點才會知道，」亞妮絲說：「芙烈達，要繼續嗎？」所有妹妹都轉頭看著芙烈達。她先看了一眼停泊在岸邊的小船，又瞧了瞧亞妮絲熱切的眼神，再將視線轉往瀉湖，湖水比無盡的思緒更加深邃。

「不前進就太可惜了，」她說：「多虧了艾瑞絲達勇於冒險，我們才能搭船渡湖，還好有雀莎觀察入微，我們才會發現這道光啊，回頭的話，就辜負了她們。亞妮絲，交給妳帶路囉。」

扛下這重責大任，亞妮絲得意又高興的挺起小小的身子。面對這個抬頭挺胸的小可愛，姊姊們微笑得不露痕跡，眼神充滿關愛。在亞妮絲的帶頭下，公主們一個個鑽進巨岩縫隙。她們安全穿越後，便放下手中的提燈，朝著燦爛的光源走去。

公主們忘記了內心原本可能有的恐懼，臉頰被那道光照得泛白，眼睛成了發亮的硬幣，頭髮則化為銀色的麥浪。走著走著，她們很快便察覺自己正穿越一座絕美的森林，雙腳踩在細窄的林徑上，兩旁是高瘦的白樺，每片樹葉都閃著華麗的光芒。銀色的鳥兒對彼此歌唱，偶在枝葉間瞥見其蹤影，宛如流星般稍縱即逝。

「真是不可思議，」波莉娜低聲說：「我很確定，小時候曾經夢見這個地方！」

「我也是。」芙烈達說，同時仰頭讚嘆。

「我也是。」羅爾娜驚呼。

三位公主一致認為，這座銀森林固然令人稱奇，卻也似曾相識，好像曾經有人跟她們說過，彷彿一直都在這裡，靜靜等著她們到來。芙烈達用力揉著臉，努力回想這裡為何有家的感覺。但終究摸不著頭緒，她也明白，有時就是得坦然接受無解之謎，不能像拔掉蝴蝶翅膀的惡霸那樣蠻橫。

走了一陣子後，兩旁樺樹漸漸稀疏，鳥兒啁啾慢慢遠去，原先籠罩她們的光芒也愈發黯淡，萬物又沒入黑暗。波莉娜抬起頭來，想尋找是否有星星能指引方向，卻什麼也沒看見。於是，女孩們停下腳步，圍成一個圈圈，手牽著手，溼濡的掌心相貼，朝外望著無盡的夜晚。

「要是沒放下提燈就好了。」貝禮娜輕聲嘆息。

「現在該怎麼辦呢？」狄萊拉問。

「可以沿著腳印回去呀。」瑪瑞拉如此建議。

「哪裡看得到腳印啊，天色太暗了。」薇塔說。

確實如此，她們迷路了，四周空無一物，景物、空間的深淺層次和時間感都逐漸模糊。某種詭異的未知感襲來，蔓延至她們的雙腿和背脊，隨即深入胃部、爬上喉嚨與雙眼，彷彿那座銀森林、潟湖、樓梯，甚至樓上的城堡本身，都不曾存在過。

忽然間，愛蜜莉將手腳全趴到地上。「噓！」她說：「聽見了嗎？」

「聽見什麼？」芙蘿拉說。

「那個啊，」愛蜜莉回答：「你在哪裡？」她大喊：「我聽得到你！」

「她在跟誰說話？」薇塔問。

其他公主也漸漸聽到了，空氣中傳來乾葉子舞動的咻咻聲，以及什麼東西在快速移動的低沉聲響。

「說不定是父王的幕僚，要來處罰我們了。」艾瑞絲達慌張的說。女孩們緊緊依著彼此，好抵抗內心剛浮現的恐懼。

「不可能，」芙烈達說：「他們的膽子才沒大到敢下來這裡。」

愛蜜莉繼續在地上摸黑爬著，溫柔的呼喚，「別害怕，我會幫你。」

語畢，一隻小狐狸從暗處爬了出來。

好，你應該曉得狐狸長什麼樣子。

你也許想像狐狸有一身傲人的紅色皮毛、精壯又敏捷的黑腿，雙眼如橘石般散發聰慧的光芒，對吧？

嗯，這隻狐狸長得不一樣，雙眼呈綠色，皮毛失去光澤，有如一顆黯淡的流星，落入這群公主之中。牠正拖著一隻斷掉的後腿，負傷的身體發出微微的嗚咽。頓時，女孩們拋下了自己的憂慮，關心起這隻受苦的美麗狐狸，牠就像從藏寶箱爬出來的神奇生物。

愛蜜莉站了起來，走到瑪瑞拉面前，突然把手伸進姊姊的長袍口袋。「有了！」她邊說邊抽出瑪瑞拉最愛的木尺。「我就知道妳還帶著，這東西最適合當夾板。」

「等等……」

愛蜜莉又壓低身子，面對那隻小狐狸。她伸出一隻手，狐狸轉過頭來，嗅了嗅氣味，確認愛蜜莉很友善，才緩慢又膽怯的靠近，翡翠般的雙眼緊盯著公主，指望她幫忙減輕疼痛。

「那是我最喜歡的木尺耶！」瑪瑞拉抱怨。

「我們一定會再還妳一把新的，親愛的，」芙烈達說：「看樣子，那個小傢伙現在比妳更需要那把尺呀。」

愛蜜莉抽出自己長袍的細帶，當作綳帶綁在狐狸受傷的腿上。狐狸在她的悉心照料下，絲毫沒有畏縮，靜靜保持不動，彷彿完全信任她。另外十一位公主在旁邊欽佩的看著愛蜜莉，她如此俐落、自信又溫柔的照護眼前這隻飽受驚嚇的小生物。

愛蜜莉將夾板固定在狐狸的腿上，終於完成了。

「狐狸看起來比剛才更亮眼耶。」亞妮絲說。確實，愛蜜莉的專業包紮似乎立即見效，狐狸的金黃皮毛變得亮晶晶，身體如燈籠般閃著光芒。牠輕輕蹭了蹭愛蜜莉的手，彷彿在說「謝謝妳」。隨即碎步跑出公主們的包圍，憑著三隻沒受傷的腳踏地，剛復原的腳則輕輕踩著。女孩們跟在發光小狐狸的後頭，慶幸還好有愛蜜莉的醫術，她們才能離開那個混沌不明的地方。

跟著狐狸走著走著，公主們發覺空氣愈來愈暖和，某種氣味愈來愈濃厚，身旁開始出現一片橡樹林，樹皮亮得讓她們快睜不開眼睛。狄萊拉拍了拍其中一棵樹說：「這些樹都是黃金做的吧！」其他人跟著摸了幾下，確實有種貴重的觸感。

狐狸帶她們來的這座森林，儼然成了發亮的金盃。頭上光芒四射的樹冠層中，每片樹葉都呈現蜂蜜、琥珀、藍托帕石、紅寶石等絢爛色彩，彷彿世界正燒著熊熊烈火，而她們則站在父親王冠的中心。公主們樂不可支，紛紛在原地旋轉，轉啊轉啊，直到森林模糊成一團亮光。

但等她們站穩腳步時，卻不見小狐狸的蹤影。

「我們得往前走了，」芙烈達說：「這場探險還沒結束呢。」她環顧妹妹們，個個眼睛發亮，彼此輕鬆的聊著天。「我們要繼續走下去。」

「不能待在這裡嗎？」芙蘿拉說：「這裡好美喔。」

「可以是可以，不過我覺得，似乎有更特別的東西在終點等著我們。」芙烈達說。

她才說完，眼前的金森林就開始消失，跟先前的銀森林一樣，黑暗再度籠罩。但這次公主們並不害怕，如今她們曉得黑暗僅僅象徵了新的開始。黑暗實屬必要，黑暗會帶來一隻金色的狐狸，黑暗也許會指引著十二名女孩尋覓道路。

不久後，她們聽到叮叮的鈴鐺聲，跟先前在臥室樓梯口聽到的如出一轍。她們跟著鈴聲，繼續在黑暗中走著，眼前出現一座鑽石森林，燦爛奪目的沉甸樹藤掛滿一顆顆鑽石，甚至比之前的金銀森林更加輝煌。大自然本身就是一顆寶石。欣賞著眼前奇景，女孩們感到渾身充滿神力，如同這個地底世界隨處可見的晶瑩寶石。

狄萊拉靠近那些發光的藤蔓，睜大的雙眼充滿了驚奇。「怎麼可能！」她低聲驚嘆，站在如結實繩索的銀蔓前，不敢伸手觸碰。

「怎麼了？」雀莎問。

「這是催眠藤，」狄萊拉說：「樹藤上長滿了鑽石。」

「我的天哪！」貝禮娜驚呼連連。

「我在書上讀過，」狄萊拉語帶興奮的說：「但是沒有人親眼見過。這種植物的力量非凡，所以才會有鑽石長在上面。」

「好美！」亞妮絲說。

公主們全跑到狄萊拉和亞妮絲旁邊，欣賞一串串相互交錯、閃爍醉人光芒的鑽石，此刻她們才明白，原來先前聽到的鈴鐺聲，就是樹藤上鑽石彼此碰撞的聲響。

「種子就藏在藤蔓裡，」狄萊拉說明著，隨即轉頭問姊姊：「妳覺得……我可以帶些回去嗎，芙烈達？假如父王允許，我想看看能不能在城堡花園種上一株……」

芙烈達雙手插腰，往後站了兩步，觀察簾子般的粗大藤蔓左右搖曳。此時，離她不遠的地方傳來單簧管的樂音，依稀也可聽見咚咚鼓聲，似乎還摻雜了小號的聲響，明快、熱情又高昂。所有妹妹轉頭看著彼此，她們也聽見了。

「我向妳保證，狄萊拉，」芙烈達說：「有一天，妳一定會回到妳的花園，所以最好還是帶些樣本回去，以備不時之需。」

狄萊拉踏入藤蔓之中，輕輕採下一小段，像剪下髮辮落入手中。她把樹藤塞到口袋裡，接著往更裡頭走去。

「我來幫忙，」芙烈達朝涼涼的枝藤伸出手，冰冷的鑽石隨之落地。「可能需要多採一點。」

「妳怎麼知道？」瑪瑞拉問。

芙烈達聳聳肩說：「直覺，直覺有時候很準喔。」

瑪瑞拉不禁笑了，幫忙採集藤蔓。貝禮娜隨後加入，不久，所有公主都忙了起來。正當好幾雙手抓著樹藤時，奇蹟發生了。

「嘩」的一聲，整片樹藤和鑽石掉到地面，出現了公主們這輩子見過最不可思議的景象。

她們全都驚訝到說不出話，只能楞楞站在原地盯著面前景象，腳邊的銀色藤蔓蜿蜒移動著。

公主們究竟看見什麼了？實在很難描述，但既然你讀到了這裡，我當然會試著形容一下。

那是一棵參天巨樹，也許是公主們見過最雄偉的樹，但這樣仍不足以形容其壯觀。在巨樹正前方，盤根錯節的根部——出奇的粗厚、強韌又高大，形成一道又寬又高的拱門，就算容納三層樓的屋子仍綽綽有餘。

「裡面有光！」亞妮絲說。

「還傳來悅耳的音樂，妳們也聽到了嗎？」雀莎說。

她們靠近瞧了瞧。高大樹根構成的拱門之下，是鋪滿了閃亮黑白磁磚的入口大廳，一路往內延伸。大廳四周是色彩繽紛的燈火，宛如螢火蟲般輕輕飛舞，抬頭可看

到天花板垂著水晶吊燈，亮晃晃得像是眾多晶瑩的雨滴。

愈是靠近，就愈感覺美好。說也奇怪，雖然沒料到自己會來到這裡，也從來不曾見過此地，此情此景卻相當符合她們的想像。似乎在這裡，女孩們將能放下一切的憂慮與恐懼。

「繼續前進嗎？」亞妮絲低聲問芙烈達。

「前進吧。」芙烈達回答。而亞妮絲十分確定，芙烈達剛才悄悄的擦去了眼角的淚水。

第三章　祕密

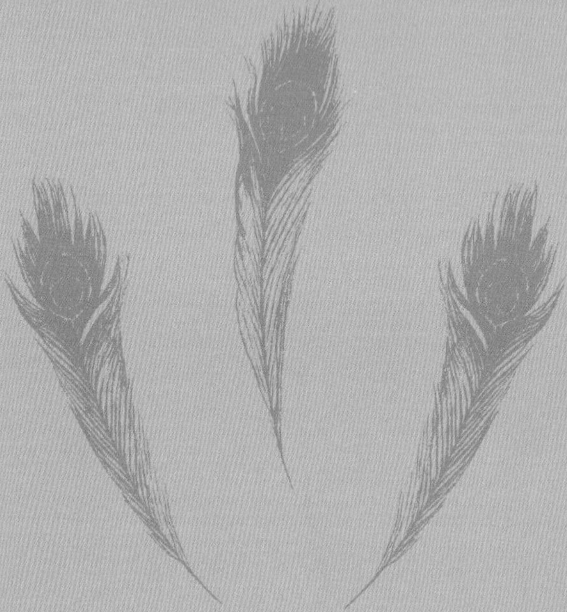

第四章

樹之宮

公主們往前走，彷彿身處夢境。她們從小到大的任何心願，都比不上此刻想進入樹內的渴望。

經過樹根拱門下方、準備踏上黑白磁磚的瞬間，她們聽到了一個聲音。

這個聲音尖銳、氣勢洶洶又惱怒。

「誰允許妳們進來了？」神祕的聲音問：「噢，我的天，居然一次來了十二個人？」

她們低下頭來，才驚覺面前站著一隻孔雀，尾屏完全展開。他穿著紅色絨背心，但碧綠的胸膛太過豐腴，左右兩襟無法合在一起。他的臂膀緊抓著一本大大的皮革書，封面以燙金字體印著「賓客名冊」四個字。他的頭冠羽毛抖動的模樣，竟讓十二位公主覺得似曾相識。

「什麼意思？」羅爾娜公主說，她不喜歡孔雀粗魯的態度。

「妳們不可以就這樣大剌剌的走進來，」孔雀說：「除非妳們在賓客名單上才行。」

「沙里姆，」另一個聲音說：「你冷靜一點。」

黑白地板的另一端，走來了一頭母獅。她的聲音截然不同，柔順、低沉又略帶沙啞，溫暖的語氣宛如寒冷冬夜中的毛毯。母獅的身形巨大，女孩們害怕的退後了幾步。她大步走近公主，毛皮被燦爛的燈光照得閃亮，變化著七彩的漸層。她的腳掌大如餐盤，眼神透露著睿智，氣勢令人震懾。

母獅在她們面前坐挺了身子。「第三十五頁，沙里姆。」她耐心的說。

沙里姆迅速翻閱起名冊，同時煩躁的抓弄著羽毛。「啊！」他尖聲喊道：「是公主們嘛，了解，有的有的。」他清了清喉嚨後說：「任務一：找到通往樓梯的密門，不畏蜘蛛走下樓。任務二：發現小船、橫越潟湖。任務三：穿越三座森林，克服內心的懷疑。任務四：照料且治好狐狸。任務五：找到隱藏於鑽石中的催眠藤。任務六：發現樹之宮。」

母獅邊瞧著自己的爪子邊說：「勇敢、足智多謀、聰慧善良、想像力豐富，跟我理想中的公主一樣優秀。」她咧嘴一笑，收回爪子。女孩們依然有點疑慮。母獅伸出了她的右前掌。「我本來還擔心妳們會找不到路，」她說：「很高興妳們來了。」

芙烈達率先跟母獅握手。「看樣子，妳一直在等我們，」芙烈達說：「我們應該在賓客名單上吧。」

母獅和芙烈達彼此相視，雙雙露出滿意的神情。「這是當然，」母獅回答，咻咻揮動著尾巴，威嚴十足。「歡迎來到樹之宮。」

「樹之什麼？」亞妮絲說，好奇之下，頓時忘記了禮節。

「樹之宮。妳們來得晚了些，不過我和沙里姆也能理解，有時候遲到一些，在所難免，」母獅繼續說著：「當然，有些客人事先並不曉得自己會來到樹之宮。」

「確實如此，」沙里姆說：「這就是我所謂的『逆向尋找』。」他端詳著女孩們，「通常發生在像妳們這樣的客人身上。只要在地底，找不到想找的，但總是找得到需要的。」

女孩們一個個輪流跟母獅握手。而人掌與獅掌接觸的瞬間，神奇的事發生了：每位公主都感受到某種力量湧入，彷彿喝下一杯熱巧克力，一

股暖流傳遍全身上下，最後略帶一丁點辣椒般的刺激。老實說，這感覺美妙極了。

「剛才好像有音樂傳來。」雀莎說。

「哈，妳們是這樣找到這裡的呀。原來如此！」母獅說：「品味果然不凡。我特別愛爵士樂。」她一隻手朝後方擺了擺，歡迎女孩們進入宮殿。

「天哪，」愛蜜莉說：「妳們有沒有聞到食物的味道？」

公主們簡直快餓壞了，自從好幾小時前吃了廚師煮的清粥，就再也沒吃任何東西了。的確，空氣中摻有不同佳餚的香氣，她們這輩子還沒聞過這樣的味道。

「我聞到羊排的味道。」羅爾娜說。

「感覺非常多汁！」薇塔說。

「上頭還有迷迭香。」芙蘿拉說。

「在那邊！」波莉娜說，手指著舞池後方的長餐桌。

餐桌上真的擺了羊排，旁邊還有甜甜圈堆成的金字塔——除此之外，更有帕夫洛娃蛋白蛋糕和好多隻烤雞。噢，她們好想嘗嘗那些迷你的葛縷籽麵包捲，還有一條條濃郁的奶油捲。椒鹽餅乾疊得跟糕餅師傅的帳房一樣高，還有一座座接骨木花風味的香檳噴泉，注入精美無比的玻璃杯時，泛起嘶嘶作響的泡沫。她們也好想將手指伸進盛滿巧克力醬的大碗，還有可以淋巧克力醬的冰淇淋，肉桂、蜜柑、香草和椰子的香味揉合在一起。眼前的美食她們全都想要。

舞池周圍排著小圓桌，鋪著潔白的流蘇桌布，旁邊還有樂團演奏著爵士曲調，正是公主們從遠處就聽見的音樂聲，甜美清澈、奔放快活！女孩們內心浮現久違的幸福感，這是先前原已放棄的奢望。

母獅盯著她們身上的睡衣和長袍。「我喜歡妳們夜晚的穿搭，雖然弄得有點髒了，依然無損獨特的風格。」

「等一下，」瑪瑞拉說：「那是……熊嗎？」

「噢，是啊。」母獅回答：「在跳舞的熊。」

只見兩隻熊身穿亮片裙子，隨著花豹所演奏的單簧管，盡情搖擺身體。一隻老虎彈著鋼琴，猴子吹著薩克斯風，虎斑貓吹著小號，頭戴紅貝雷帽的鴕鳥搖晃著尾巴羽毛，三隻烏龜疊羅漢彈著低音大提琴，合奏而成的音樂對女孩們來說十分悅耳，活潑、快樂又明快，光是欣賞就眼花撩亂。

「我好餓。」艾瑞絲達說，眼睛盯著左搖右晃的餐桌。

「那就開動吧，」母獅說：「這裡很不好找。妳們表現得很出色，才能來到這裡，我們只能略盡地主之誼，」她露出寵愛有加的笑容，「快找張桌子吧，服務生等等就會來了。」

女孩們坐了下來，母獅喀喀的敲了下爪子，只見一隻巨嘴鳥飛過來，放下一個果醬甜甜圈到艾瑞絲達的盤子上。原來巨嘴鳥們是服務生，叼著菜單在公主間飛行。

「先嘗嘗甜甜圈吧，」母獅說：「想吃多少有多少。」

艾瑞絲達咬了一口，雙眼骨碌碌轉動，驚奇的說：「噢，我

從來沒吃過這麼美味的果醬甜甜圈。」

女孩們個別向巨嘴鳥點菜。這些服務生盡責的飛來飛去，分送著羊排與雞腿、鬆軟的起司配烤奶油吐司、香腸佐馬鈴薯泥、盛滿香檳的玻璃杯、沾裹巧克力醬的草莓，還有一杯杯冒著香氣的熱紅茶，裡頭像是加進了來自世界上所有香料。

「喜歡這裡嗎？」母獅問芙烈達。

芙烈達往後靠向椅背，手中拿著一杯接骨木花香檳，環顧著樹之宮各處：舞池、璀璨的吊燈，妹妹們歡喜的臉龐，周圍的美食與音樂。「這裡很有趣，」她說：「但是也很像銀森林、金森林和鑽石森林。」

「怎麼說？」

「我的意思是，樹之宮好像一直都在等待我們到來。」

母獅點點頭說：「確實，如妳所說。」

「有家的感覺。」芙烈達說。

母獅搖了搖碩大的頭，鬍鬚在燈光下閃亮亮。「不對。樹之宮不是妳的家，千萬不能這麼想。」

「但是，這裡比我們的城堡好太多了！」

「嗯，樹之宮確實屬於妳們，芙烈達，但不是妳們的家，這兩件事不能混為一談，千萬不要忘記。」母獅若有所思的盯著芙烈達，「妳們不可能永遠待下去。」

「為什麼？我們在賓客名冊裡啊！」

母獅微笑的說：「沒錯，芙烈達，妳們是客人，但客人最後還是得離開，就算主人再怎麼希望客人留下來也一樣。但是，絕對不要忘記來這裡的路。沒有像妳們這樣的客人，樹之宮是無法繼續存在的。」

母獅這番話好像在猜謎，芙烈達努力思考其中深意，但還來不及弄懂，沙里姆就昂首闊步的走到桌邊說：「各位公主請好好用餐，但也要留點時間跳舞。芙烈達公主，我有這個榮幸邀您跳支舞嗎？」

「跳舞？」芙烈達語帶詫異，剛才跟母獅交談過後，一股悲傷莫名浮上心頭。

「噢，我從不跳舞，我不會跳。」

沙里姆喬了喬自己的背心。「妳不會跳舞？我才不相信。」

「我們從來都沒有跳過舞。」

「從來沒有？」

「噢，真要說起來，小時候我們學過宮廷舞。這裡踏一步，那裡點一下。」芙烈達望向舞池。「但是像那些熊一樣搖擺踏步？從來沒有。」

沙里姆伸出了翅膀，燈光下色彩斑斕。「都有勇氣來到這裡了，卻不願意跳舞！別怕別怕，芙烈達公主！我會引導妳。猴子米歇爾正好在獨奏薩克斯風，我可不想錯過這首曲子。」

「去嘛，芙烈達，」波莉娜說：「好好放鬆一下，一直都是妳在照顧我們，去玩一玩吧。」

「對啊！」其他妹妹紛紛附和，「好嘛，芙烈達，去跟沙里姆跳支舞吧！」

在妹妹們的央求下，芙烈達勉強接受了沙里姆的邀請，沒想到這支舞就此留在身體中，陪伴

了她下半輩子。

這隻孔雀和大公主剛進入舞池，沙里姆精湛的舞技就展露無遺——翅膀動作俐落、步伐節奏準確，羽毛更添風采。

但那都不是重點。

芙烈達第一次嘗到了自由的滋味，過去想了好久卻未曾體驗，如今終於實現了心願。她享受無盡的音樂和動感，手搭著翅膀，繞圈圈跳著——有時隨性獨舞，雙腳踩啊踏啊，手臂在空中揮舞，身體跳躍、搖擺、旋轉又扭動，穿梭於五顏六色的燈光之中。雙腳彷彿跟著沙里姆的翅膀騰空飛起，她不禁覺得，此刻，舞池上所有搖曳生姿的生命，包括十一個妹妹、母獅，兩、三隻巨嘴鳥服務生，彷彿都因明白了活著的意義而綻放著。芙烈達對自己說：表演薩克斯風的猴子、塞滿甜甜圈的肚子、身邊的妹妹們、樹之宮的舞池，這一切有什麼好不滿足呢？

但就在此刻，母獅走上前來，在芙烈達耳邊低語：「就算是貴賓，有一天也得道別，親愛的。樹之宮的一切，都有代價。」

第五章

艾伯多國王的第二個錯誤決定

這是公主們最好的時光了。每天晚上，父親都用沉甸甸的鐵鑰匙將她們鎖在房內，等到整座城堡安靜下來，公主們就會輪流推開母親畫像後方的暗門，

開始往下走，

走完五百零三階的陰暗樓梯，

橫跨潟湖，

穿越三座絕美的森林，

直到抵達樹之宮。母獅都會在拱門迎接，沙里姆再帶她們到平時用餐的桌子，巨嘴鳥服務生則負責滿足所有需求。

只要是公主們想吃的料理，菜單上就絕對少不了，舉凡吐司塗烤豆、蛤蜊義大利麵、奶油麵包夾新鮮魚柳，凡是她們在路途上想到的美食，樹之宮的廚房都會先準備好。母獅會坐在女孩們旁邊，聽她們聊著未來的夢想，說著傻氣的笑話，聽聽公主們被關在房間裡的故事。然後，女孩們會隨著爵士曲子，跳舞跳到天荒地老，直到腳麻

名家導讀

公主故事！

容均／臺東大學兒童文學研究所助理教授

英文原書名為「The Restless Girls」，英國作家潔西．波頓改寫自幼甚是喜愛的格林話〈十二位跳舞公主〉，成就了如今小麥田慧眼出版的譯作《公主不在城堡裡》。潔西．波在自己的作家官網上即表明，幼時雖喜愛格林童話的〈十二位跳舞公主〉，但心中同時著幾點疑問：**為什麼這十二位公主都沒有自己的名字？為什麼只憑父王指令，公主們便能享有屬於自己的私密歡愉時光？**隨著故事發展，為什麼僅憑一名陌生男子的初來乍到，便了這些公主們的快意人生？甚至能夠因為查出公主們的祕密，而隨意從中挑選出未來妻，不顧公主們的意願？尤甚者，既然是以公主為主角的故事，為何不見公主們的心聲與點？

閱讀過格林版〈十二位跳舞公主〉的讀者，即能夠輕易辨別潔西．波頓所做出的當代寫。格林版中，公主們的確沒有屬於自己的名字，遑論個別的人格特色與嗜好。父權兼權主導一切，無從歷經《公主不在城堡裡》當中的質問及挑戰。公主們不是午夜時分偷至地底王宮與十二位王子載歌載舞，便是將婚嫁命運——經父權暨君權授意——交至解祕密的陌生男子手中。格林版中，男子道破公主們的祕密，娶了最年長的公主，成為王繼承人，恢復王國的內部秩序，女孩們沒有發聲的話語權，更沒有實質的政治權力。

潔西．波頓的《公主不在城堡裡》確實具有當代讀者期待的童話改寫之翻新樣貌，特別重於古典童話中女孩或女人的命運和權力／權利。這部分，與迪士尼動畫女主角們的演頗為相似。回到《公主不在城堡裡》這部作品本身，於私，波頓藉由此番改寫回應自己時的閱讀疑惑，於公，因應了時代變遷之下翻轉的性別價值觀。十二位**公主們不再是「體無名氏」，而是擁有屬於每位個體的名字、專長與嗜好。**「聰明絕頂」的長公主芙烈因挑戰父權暨君權而遭驅逐，爾後展開不可思議的旅程，並藉掌握權力來解放並保障妹們日後的命運自主權。在這點上，波頓算是通澈，女性唯有掌握實質政治權力，方能言或保障女性其他的權利／權力。當然，上述並非一味將童話「政治化」，但掌有政治權，確實是波頓改寫版本中不容忽視的元素，而「童話」這文類並非毫無挾帶「政治權力

讀者回響 公主的堅持與勇敢，帶給我力量！

宜蘭新生國小 黃琳芷

晚上睡不著時，我只會瞪著天花板發呆，而故事中的公主卻是展開冒險之旅。看完這本書之後，我感到非常好奇，現實生活中真的有可能在畫像後方發現一個祕密入口嗎？故事中的十二位公主一起同心協力通過種種挑戰，到達樹之宮。她們的勇敢和姊妹之間的感情令人敬佩。面對不可理喻的國王，公主們不想日復一日在宛如監牢的城堡中度過，而是尋找任何可能找回快樂的方法。一旦發現有異狀，仍能冷靜面對各種挑戰，讓我對公主們刮目相看。

被放逐但是得到自由的大公主，最後回來拯救了妹妹們，我覺得她很了不起，又很有智慧，能夠利用國王的弱點來達到目的。

故事的情節環環相扣，吸引著我追隨公主的腳步，一步一步走向自由的道路，真是太好看了！

宜蘭新生國小 簡錦芸

看完這本書，讓我也想翻找家中的掛畫、櫃子後方是否也有祕密通道。這本書的故事非常吸引人，每一位公主的才藝和能力是那麼的厲害，但她們並不快樂，因此她們想改變現狀，就要找到可行的辦法。

國王生怕孩子發生意外，就將她們關起來，實在很不可思議。心是關不住的，公主們當然會想盡辦法反抗。當命運掌握在別人手裡時，完全看不到希望，那是多麼可悲。所幸書中的公主聰明勇敢的想辦法改變命運，令人為她們喝采。

女生總是對公主充滿憧憬，書中的公主即使能力卓越，卻飽受限制，只能運用勇氣和智慧，去嘗試改變現狀，我十分佩服她們的勇敢，若我身處她們的環境，實在沒自信可以通過這麼巨大的挑戰。姊妹們互相鼓勵、幫助，是成功

《公主不在城堡裡》

別開生面，熱鬧又有現代感的

陳欣希／臺灣讀寫教學研究學會創會理事長、
國立臺灣師範大學人類發展與家庭學系博士

欣希長年累月的閱讀經驗，建立了特定的閱讀模式——先因應「閱讀目的」選擇「閱讀策略」，再根據「文本內容」決定「閱讀步調」。所以，每拿到一本書，我至少會「看」過一遍。倘若，看到「好」書，「讀」上N遍也不意外！

《公主不在城堡裡》這本僅有一百六十頁的書，卻讓欣希花了不少時間。好看到讓人一直往下翻……但也因為好看，好看到讓人一直重讀，不想錯過任何細節！

怎麼說？

「書名」即預告了讀者—— 這是「公主」的故事，但，**這是一篇「有別於一般人以為」的公主故事。**

在二十一世紀的今天，大家對公主的形象不再只有白雪公主、睡美人，還有紙袋公主、費歐娜公主……所以，一開始並不覺得這故事會多麼「有別」。然而，閱讀第一章第一個段落之後，立刻對這本書另眼相看！

因為書中有位說故事高手！

這位說書人讓我們知道——卡麗亞王國離我們並不遠，讓我們看見城堡的美，說書人似乎聽見我們的心聲，讀者以

諶淑婷／文字工作者

為人父母後，讀睡前故事成了基本任務，格林童話絕對不是我的第一選擇，雖然童話改編的動畫席捲了兒童市場，也做了一定程度的改寫，但還是難以避免濃厚的性別刻板印象。俊男美女公主王子的人物樣板，最常見的設定就是柔弱而不聽話的女主角，因犯錯招致嚴厲的處罰，但英勇的男人會來拯救一切。剝除了粉色系的幻想色彩，就會發現：童話猶如一本給孩子的成人社會規範書，以各種血腥殘酷的故事情節，帶入各種紀律與警告，我永遠忘不了灰姑娘的姊姊們忍痛切掉腳趾和腳後跟「削足試履」，也不會忘記糖果屋裡壞巫婆被推入火爐活活燒死。

而本書原始故事〈十二位跳舞公主〉中，國王為了解開公主舞鞋的祕密，要求外人在夜裡監視女兒、解開祕密後，可擇一公主為妻，失敗者則將處以嚴酷制裁。這種性別歧視又極端自我的典型父親，自古以來就大量存在，他們是傳統社會中「父權」的象徵，掌控了貪圖玩樂的女性，最後則以另一名勝利男人抱得公主歸作為完美結局。

在本書的改編中，原本角色扁平的公主們，有了自己的性格與專長，故事重點也從國王與解謎男人的身上，轉移到公主間的互動對話。另一方面，公主和國王之間關係的轉變也令人在意，甚至讓人懷疑，一直以來國王愛的除了妻子，就只有自己，為了避免自己再因失去誰而悲傷，他乾脆直接輕視、無視十二名女兒，無情又殘忍的擺布她們的人生，不只是在精神上抹滅了

葛 童 頓 存 **不** 毀 子 觀 改 君 溜 開 國 著 進 幼 **集** 達 妹 論 力

HE
TLESS
RLS

小麥田出版《公主不在城堡裡》

為：公主想必過得幸福快樂。說書人也直接點破說：事實恰好相反。

是的，這位說故事高手讓讀者緊跟著深入故事！

說書人每次「出現」都有畫龍點睛的效果！也因此，欣希調整了步調，從「漫讀」轉為「慢讀」，欣賞著這位說故事高手的風格，也看見這個故事的獨特。

《公主不在城堡裡》的故事仍是有跡可循——皇后的逝世讓國王變了個人，因害怕女兒步入母親後塵而想管控她們；父女的衝突愈演愈烈，公主想盡辦法突破困境……

除了傳統威權的國王以外，其他角色的特質都很現代化，例如：熱愛賽車的皇后、夢想有朝一日能駕駛飛機的大公主、數字常在腦海開心跳舞的八公主、喜歡閱讀的十公主、想當作家的小公主……也因為這些特質，讓讀者得以推測情節的發展。

至於皇后，別以為去世的皇后不會有太多的戲份！相反的，皇后的「影響力」若隱若現，不只動搖了國王，甚至是公主們受困時的精神寄託、也是解救公主們的重要媒介！

讀著讀著，是否也感到熟悉？是的，有些情節也發生在我們的生活中……

寫到這裡，我想回應許多大人的疑問：閱讀的意義何在？欣希的想法是：有時，是娛樂，純粹享受著故事；有時，在他人的故事中看見自己；有時，推測作者的安排、賞析作者的手法，會有成就感。

這本書適合推薦給誰看？欣希建議推薦給九歲以上的人！包括我們大人！

女兒的自主性，在實質生活中也將女兒關在房間。

這一段顯現的正是父權社會的意識型態，許多現代父親還是對著自己的小女兒稱「前世情人」，說著「要打斷女兒男友腿」的玩笑話，限制女兒的穿著、禁止夜裡出門、干涉其人生伴侶的選擇，保護與束縛是父權框架的一體兩面。

過去，這樣的故事靠魔法來逆轉，讓孩子知道事情不會永遠像現在一樣糟，他們也不會永遠無力改變自己的處境。但《公主不在城堡裡》靠的是反抗父權、獨立離家的大公主，最終以捍衛者的獨立形象拯救了十一名妹妹。**這樣的故事對生活在父母以愛為名處處設下限制的孩子來說，給予了一個啟發**——你大可以盡量相信自己所擁有的「未來」，不會像今天一樣糟。

格林童話版的原始故事中，找出答案的老士兵以年紀為理由，最後選擇了娶大公主為妻，我曾讀過另一個改編版本——老士兵換成了有十一位兄弟的王子，最後每個人都和一位公主結婚（不過最小的公主在婚禮前夕逃跑了），提高了男子的身分地位，降低以婚姻作為懲罰的意味。而《公主不在城堡裡》中，沒有誰被迫和誰結婚，更沒有老套的「與王子終成眷屬」，**順從與等待不是現代公主的使命，婚姻更不是她們期待的獎賞，也不是畏懼的懲罰，自己的命運自己來決定，如此而已！**

爲作品，及倒**能夠讓大小讀者從中習得權力關係的宰制與革新，包括性別權力的重配置。**

除上述，《公主不在城堡裡》終歸仍是回到了對於「家」之議題的省思。對外界，皇可能作為象徵性的、公領域的重要存在，而《公主不在城堡裡》讓讀者明白即便貴為皇，也有屬於自身應當釐清或重新規整好的「家務事」，皇室的「家務事」實乃「天下事」，天下事」立基於「家」之根源，家寧，方可能天下平。長公主芙烈達即是先智取掌管天事的王者權力，重整皇室內部的家庭秩序，再任派符合每位公主自身興趣或專長的公眾務，連文本中提及的西部叛亂，也可就此安定。芙烈達這位當代公主展現了政治管理的力與魄力，同時兼顧手足之情，以及屬於「家」的內部秩序，最後令朝中大臣心悅誠服。

不論皇室與否，人們對於「家」的渴念依舊。公主是女兒，國王亦為父親，皇家一樣著家庭內部的紛擾，尤其是攸關家庭秩序的管理和家族成員福祉的捍衛。《公主不在城裡》清楚的描繪，因妻子離世，無法從喪妻之痛走出的國王，作為父親，採取近似集體禁與隔離的方式來保護在其眼中仍是孩子的公主們。但孩子有孩子的想法，她們有追尋緩愉悅、重溫母親仍在的「家」渴求，她們想要歡樂、想要音樂與舞蹈、想要屬於自己祕密（包含祕密基地，即作品中的「樹之宮」），簡言之，她們想要快樂自由的生活。

然而，《公主不在城堡裡》藉由「樹之宮」內的母獅，以溫和理性的口吻告訴公主們包括小讀者）：「『就妳告訴我的來看，』母獅說：『妳們父王聽起來不像是壞人，只迷失了方向。父母有時候確實不好相處』……」。更難得的，母獅再再告誡女孩們，即便「樹之宮」讓公主們重溫了像家」的感覺，但並非是她們所應該歸屬的「家」。公主們有一日需得離開「樹之宮」，回到她們原本的家庭內整理親關係，並對其表示信心，相信她們（特別是芙烈達）可以做得到。

《公主不在城堡裡》本身是個好看的故事，具備童話應有的吸睛景致和冒險，故事中**露兒童的心聲、女性的觀點與能力，以及從「家」至「國」的權力層次。是部能夠在親間或教室內外提供大小讀者討論與省思的當代童話改寫之佳作。**「前進吧！」是這部作中最吸引我的語彙，言說了我們對於童話改寫的期待，也道出了革新觀念的力量，因此，進吧，孩子！前進吧，父母與成人！前進吧，童話改寫！用前進的精神邁向挑戰與革新，繼拓展童話改寫的途徑，從家至國皆更溫柔理性，朝向締造更多幸福感的步伐邁進。

的關鍵，讓我知道當一個人的力量不夠時，能有人幫忙給予一臂之力是多麼幸運。

國王的頑固與無理，令人唏噓！想要改變長輩不合理的要求時，需要付出巨大的努力，自由的代價很高，卻值得我們積極去爭取。看完這本書，我發現命運要自己掌握，就像書裡說的「如果命運掌握在別人手中，自身的希望與夢想被擠成一團，猶如黏糊糊的青苔」，這句話也告訴我們，夢想不能靠著別人來完成，有時也要勇敢的站出來，做一個永不放棄、勇敢追夢的人。要是換成自己來幫助別人完成夢想，那是多麼的幸福快樂美好呀！

宜蘭新生國小 趙詠柔

在我的印象中，童話故事裡的公主都是無憂無慮、開開心心的生活，但現實總是殘酷的，並不是我所想的那樣，原本幸福快樂的公主們在母親死後，失去了自由，還被關了起來，換作是我，可能一天都忍受不了，並希望每天都趕快過去。

如果是我失去了母親，感覺人生已經跌落到了谷底，不知道自己是否還能和公主們一樣勇敢、堅強。

要是我是艾伯多國王，我絕對不會把公主們關起來，也會好好的治理國家，我不會選擇沉浸在傷心中，畢竟，過世的皇后也不希望看到這樣的國王吧。

我好討厭故事中的伯納德，我不知道他為什麼要阻止飛行員當國王，可能是因為嫉妒吧！他跟克倫斯比起來，真的很可惡。相比之下，我更喜歡克倫斯，雖然他一開始因為害怕而沒幫助公主，但內心還是支持著公主。

看過這本書之後，我在想世界上真的有樹之宮嗎？如果有，又會在哪裡呢？又有誰能找到呢？如果我恰巧遇到的話，一定會進去一探究竟，看看裡面是否有故事中的母獅子、猴子米歇爾……以及美味的食物，真的好想去一趟。

這本書讓我覺得，從現在開始，不管遇到什麼樣的難題，我都會勇敢、堅強的去面對，不會選擇逃避，而且要記住那些幫助過我的人。

了、鞋破了才甘願。

每天早晨在樓上的城堡中，艾伯多國王打開房間的門，都會看到十二個可愛的女兒在床上熟睡。國王心心念念的就是見著女兒睡著的模樣，因為他相信她們唯有在睡夢中才安全（當然，她們睡著時也比較好管教）。瞧著女兒們打鼾，國王著實感到欣慰，她們總算變聽話了。

公主們依然痛恨白天時只能無所事事，儘管國王與幕僚們奪走了所有的嗜好與娛樂，樹之宮的存在讓一切尚可忍受。她們曉得只要夜晚來臨，就能再度獲得自由。

她們會悄悄討論著新舞步，以及頭冠與睡衣的搭配。艾瑞絲達整天盼望著到瀉湖游泳。狄萊拉發現森林還有其他值得研究的植物。愛蜜莉四處留意著金色狐狸是否再次現身，但遺憾的是狐狸再也沒出現，於是她開始忙著幫那些爵士樂手維持皮毛亮麗、爪子乾淨，才好盡情展現演奏的功力。雀莎則因為母獅邀她跟樂團一同表演，一直在腦海裡練習要演唱的曲目。

簡單來說，女孩們開始感受到生命的活力，擁有著天底下最棒的祕密，還把艾伯多國王和幕僚們蒙在鼓裡。

「就像回家一樣自在！」某天破曉時分，貝禮娜高興的說。跳了一個晚上的舞，所有公主都滿懷感激（雖然動作不太優雅）的爬回床上睡覺。

芙烈達公主卻有些擔心。她怎麼也忘不掉母獅當初跟她說的話：樹之宮雖然屬於妳們，但絕對不能稱作妳們的家。難道有人會奪走它嗎？為何樹之宮明明像是為了她們而建造，母獅卻非得提醒芙烈達總有一天必須離開呢？如果樹之宮並非無償提供一切，她們待了那麼長的時間，又要付出什麼代價呢？

芙烈達快憋不住內心對母獅的不滿——先是帶她們體驗如此美妙的感覺，讓她們感到賓至如歸，卻又說不能永遠停留。她們早就說過城堡內的生活悲慘萬分！母獅又不是不曉得她們的處境有多糟糕。

芙烈達暗自嘆了口氣。母親的死讓她明白一項道理：世事不會盡如人意。但話說回來，就算懂得道理，有時仍難以接受事實。

於是在某天晚上，芙烈達一行人照例於清晨上樓，她悄悄關上暗門，移回母親的畫像，確定每個公主都回來後，便提出了約定。「我們必須對彼此發誓，一定會保護樹之宮。」她邊說邊踢掉破鞋子，左右腳踝相互揉著。

「但為什麼要發誓？我們又不會說出去。」艾瑞絲達邊說邊鑽進被窩裡。

「我們當然不會，但是難保父王的幕僚——或是父王自己問東問西的。」

「父王沒那麼聰明啦，」芙蘿拉說：「我們都瞞了他好幾個星期呢！」

芙烈達的眉頭深鎖，像個軍事將領。「的確，但我們絕對不能自以為是。假如我們從此無法再去樹之宮跳舞怎麼辦？假如我們整天被困在房間裡，再也聽不到地底那歡樂的音樂怎麼辦？」

「說不定再也見不到母獅了！」狄莱拉說。

「或是再也見不到沙里姆。」瑪瑞拉說。

「噢，」薇塔把臉埋在枕頭裡，「我一定會很難受。」

「所以說，」芙烈達說：「我們必須好好計畫。那三座森林是我們一起找到的，假使發生什麼意外，都要共同保護森林，可以嗎？」她伸出手來。

「當然。」十一名妹妹立刻附和，同時把手疊在芙烈達的手上。

不過，世事難料，女孩們忽略了某個不起眼的細節，就連聰明的芙烈達也沒想到。

這個細節可說是澈底洩漏了她們的祕密。

＊

某天早上，艾伯多國王一如往常打開公主的房門，看到十二雙鞋子一如往常整齊靠牆排列。只不過這次（為何偏偏是這次？誰曉得，反正國王就是善變），他彎下腰撿起一隻鞋子，想欣賞精美的做工。

國王大吃一驚。

他站在柔和的晨光之中，困惑的搖著灰白的頭，女兒們依然睡得香甜。「這怎麼會是公主的鞋子，」他自言自語著，「壞到不能穿了啊！」

他說得沒錯，手上那隻鞋（剛好是波莉娜的）底部完全壞了。艾伯多再蹲下，拿起另一隻鞋檢查，然後一隻換一隻，直到十二雙鞋全都翻過來看才甘心。

所有的鞋底都坑坑洞洞，比瑞士起司還誇張。

他躡手躡腳的離開房間，要城堡鞋匠再做一批更好的鞋子。

「陛下，小的這陣子已經幫公主們做了很多鞋子。」鞋匠說。

「你說什麼？」艾伯多國王說。

鞋匠望著日益減少的皮革，滿臉哀怨的擺擺手。「小的最近光做鞋子就忙不過來了，內人在家煮飯都沒這麼勤勞哩。」

「到底是怎麼一回事？」艾伯多國王喃喃自語著，因為那名鞋匠的技藝精湛，縫製的鞋子向來耐穿，艾伯多也是從小穿到大。

隔天早上，國王打開女兒的房門，發現昨天做好的那些鞋子，居然又穿壞了。

他叫鞋匠再做一批新鞋子。但同樣的，隔天早上，女兒們仍熟睡時，每雙鞋又是破破爛爛的。

艾伯多國王很討厭摸不著頭緒的感覺，眼前的謎團更是讓他怒火中燒。你也許會想，國王理應處理國家大事，但才不呢！他一一找來所有女兒問話，要她們解釋為何鞋子一而再、再而三的破洞。公主們雖然害怕，但芙烈達已想好對策。她們謹記對彼此的約定，努力保持冷靜。

「護衛犬咬壞的。」芙烈達說。

「我走太多路了啦。」波莉娜說。

「我踩到釘子了。」羅爾娜說。

「難道是鞋匠技術不好？」艾瑞絲達說。

「腳悶在裡頭很熱，我戳幾個洞透透氣啊。」雀莎說。

「鞋子裡面有老鼠，」貝禮娜說：「看樣子該在城堡裡養貓了。」

「是我的錯，」薇塔笑著說：「整天都拖著腳走路，才磨壞了。」

「我也不知道。」瑪瑞拉聳聳肩說。

「我在花園踢到樹根，鞋子就扯壞了。」狄萊拉說。

「我想用蠟燭烘暖鞋子，可是不小心烘太久了。」芙蘿拉說。

「那是我最愛的一雙鞋啊，太常穿就穿壞了。」愛蜜莉說。

「鞋子不是本來就要有洞嗎？」亞妮絲盯著地板說。

艾伯多國王直覺認為這些孩子並沒有說實話。她們一個個露出無辜的表情，但鞋子耗損的速度未免也太快了！鞋匠接連做了幾千雙鞋子，每根指頭都快磨破了，懇求國王讓他提早退休。艾伯多只好成全他的心願，想到女兒們如此失控，不禁氣得跳腳。

「陛下，不過就是鞋子嘛！」他的幕僚從旁勸說，心想明明有更重要的事需要煩惱，譬如農作物的收成，以及西部的叛亂。

然而，國王完全無法苟同，那些可不是普通的鞋子，而是公主們的鞋子！莫名奇妙的穿出一大堆破洞，好像她們去了什麼他管不到的地方，想到這點他就一肚子火。

某天早上，他召芙烈達來王座前。

芙烈達來了，緊張得胃都糾結在一塊，但還是努力壓下情緒。大殿內所有窗戶仍舊用黑色簾子遮著，但芙烈達依稀看得出來，華麗的王座椅腳周圍積了一團團灰塵。她心想：「這裡真該找個人來大掃除。」

她父親的幕僚們聚集在角落，活像一群愁眉苦臉的企鵝，影子在燭光照耀下變得奇形怪狀。她嘆了口氣，想起樹之宮色彩繽紛的燈光、巨嘴鳥翩翩舞動的翅膀、母獅迎接她們的喜悅神情，與沙里姆跳舞跳到忘我的情景……

「那麼，女兒啊，」艾伯多國王打斷了她的白日夢，「要不要說說妳的祕密呢？」

芙烈達朝國王眨了眨眼。父親的語氣詭異，令她不寒而慄。前晚跳舞的回憶，宛如火焰下的冰塊，很快就消失無蹤了。

「我的祕密？」她回應。

「少裝了，芙烈達，妳比狐狸還狡猾。妳是年紀最大的，妹妹都聽妳的，應該要以身作則啊。我問妳們為什麼鞋子會壞掉，結果沒有人跟我說實話。為什麼妳的妹妹都這麼不聽話呢？」

芙烈達想著自己的妹妹。自從發現地底的樹之宮後，她們的生活快樂多了，因此能忍受死氣沉沉的城堡。她也想起自己要她們立下的約定。某方面來說，父親說得沒錯，她確實要負起責任。畢竟，當初是她發現畫像後面的門、是她先跟母獅握手，也是她慫恿妹妹說謊。「父王，」她回答：「她們沒有不聽話，一個個都很忠實的做自己。」

「忠實什麼？」她父王問：「對誰忠實？」

芙烈達沉默以對。

「最不聽話的就是妳，」他說：「跟妳的母后同樣一副德性。」

芙烈達閉上雙眼。「拜託您，父王，請您專心處理國事吧。」

「放肆！我遲早會揭開妳們的祕密，」艾伯多怒吼，「現在不告訴我，那就後果自負！」

芙烈達深吸一口氣，連「後果」都說出來了。她曉得，自己不能再沉默下去，必須開口反擊、主動承擔。「父王，」她平靜的說：「這祕密不關您的事。」

聽到這句話，艾伯多國王從王座上跳了起來，腦門上的頭髮微微顫抖。旁邊的幕僚衝上前來，深怕國王會被長袍絆倒。「滾！」他對著自己的大女兒咆哮，「別以為事情就這麼算了，我總有一天會逼妳說出實話！」

芙烈達生平第一次真的感到害怕。忽然間，她耳邊迴盪著母獅的那句話：樹之宮的一切都有代價。

她瞧了瞧父親的幕僚，沒有人敢幫她說話。她步伐不穩的離開大殿，又跑過一條又一條陰暗的長廊，只想快點回到妹妹們身邊。「居然說我比狐狸還狡猾？」她心想，腦袋裡一片混亂。黑暗之中，她想起愛蜜莉治好的那隻金色狐狸。「反正，不管是父王也好，母獅也好，你們都沒見識過我們的本事。」

芙烈達回到房間時，心情已平復下來。

「父王說了什麼？」薇塔神情緊張的問。

「還不就是那些老掉牙的話，」芙烈達面帶微笑的說：「別擔心，我們今天晚上再去樹之宮痛快的玩吧。不過仔細聽好了，親愛的妹妹，看好自己的鞋底，可能的話，少跳點舞吧。」

結果，其他公主紛紛表達不滿。

「我懂，我懂。但是，我們要更加提高警覺才行。」

芙烈達實在不想叫妹妹們少跳點舞。但有什麼辦法呢？父親成天疑神疑鬼，風險實在太大了！這陣子，他憤怒的臉色比龍蝦還紅。芙烈達擔心，在樹之宮的時間所剩不多了。但她不想讓妹妹也跟著煩惱，只好絞盡腦汁思考怎麼讓父親追查不到，同時又要確保她們能繼續去樹之宮玩耍。然而，母獅的話在她腦海中揮之不去：就算是貴賓，有一天也得道別。

※

當晚，她們划船橫越潟湖時，芙烈達將手指浸在漆黑的湖水中，清涼的觸感消弭了父親的怒火，也堅定了她的決心。穿越銀森林時，芙烈達走在最後面。趁著前頭的妹妹們沒注意，她悄悄將一片銀閃閃的落葉塞入袍子口袋。抵達金森林時，芙烈達又在後頭拾起一根發金光的樹枝，偷偷放進裝著銀葉子的口袋。到了鑽石森林，她讓自己殿後，摘下一顆珍貴的鑽石放入口袋。鑽石、金樹枝與銀葉子躺在一塊，透過布料，芙烈達的肌膚仍可感受到冰冷與堅硬的質感。

其他女孩絲毫沒有察覺。

當晚在樹之宮，母獅認為時機已成熟，便讓雀莎上台，好好展現歌喉。

「雀莎，」她宣布：「在這個繁星點點的夜晚，就由妳擔任最耀眼的歌手吧！」

公主們莫不鼓掌歡呼，很高興母獅終於要聽聽雀莎的美妙歌聲了。雀莎等這個機會等了好幾週，立即小跳步跑上台，自在的站在麥克風前，彷彿那是世界上最舒服的地方。

就連身穿亮片裙的熊和忙碌穿梭的巨嘴鳥，也都放下一切準備聆聽。全場安靜下來，雀莎隨之開口。沉靜的舞池迴盪著她的聲音，既悅耳又醉人，深入樹之宮每個角落，像無形的煙霧飄入耳中、繚繞心頭，讓人不禁淚水滿眶，嘴角揚起微笑。

噢，這個夜晚，所有人都難以忘懷。雀莎先唱了首名叫〈吾愛蘿莉亞〉的歌曲，曲子本身雖然哀傷，轉折處仍揉入了些許喜悅，但下首的曲風丕變，活潑又奔放，猴子米歇爾以薩克斯風伴奏，樂得從椅子上跳到舞池中扭腰擺臀。

薇塔甚至教熊兒如何腳尖旋轉三圈不落地；每回雀莎以為自己唱完了最後一首，

正準備離開麥克風，暢飲接骨木花香檳、回到姊妹身邊。拿著單簧管的花豹和吹著小號的虎斑貓就會大喊：「再唱一首！」鴕鳥還在雀莎腳邊俯首仰慕。

雖然全場熱鬧非凡，母獅早察覺了芙烈達的神色略帶哀傷，於是就在她身邊坐了下來。

「芙烈達公主，妳是不是一直在思考我說過的話呢？」她用那低沉又溫暖的聲音問道：「是不是在想，要怎麼道別呢？」

「無時無刻。」芙烈達淡淡的說，感受著從三座森林撿來的東西沉沉的躺在她袍子口袋裡。

「妳在生我的氣吧。」母獅說。

芙烈達不敢承認，但忍不住吐露了心聲。「可是這裡一切都這麼美好，不是嗎？」她說：「妹妹都玩得很開心，妳看她們，跳舞跳得多自在啊！」

母獅扭了扭鬍鬚，再任由它們彈開。「不管有沒有樹之宮，無論在哪裡，妳和妹妹們都擁有找到快樂的能力，這是很幸運的事。」

「可是父王……」芙烈達開口。

「從妳告訴我的來看，」母獅說：「妳們父王聽起來不像是壞人，只是迷失了方向。父母有時候確實不好相處。」她面帶微笑，對芙烈達說：「不過，我也只是聽說的。」

「我們只有在這裡才能感到快樂啊。」芙烈達固執的說。

母獅轉過頭來，視線離開熱鬧的舞池，伸出餐盤大小的手掌，擺在芙烈達的心口。「不對，芙烈達，事實並非如此，」她說：「再仔細想想。」

「父王想知道我們每天晚上在做什麼，為什麼把鞋子穿到破洞。他一直找我去問話，說要我後果自負。我擔心如果父王發現真相，不知道會做出什麼事來……」

「芙烈達。」母獅稍微用力壓了壓她的胸口，芙烈達感到全身充滿了平靜的力量、溫暖與滿足，正是回家的感覺。

「我向妳保證，我懂妳的感受，」母獅說：「但請聽我說，芙烈達，要相信自己，妳絕對知道該怎麼做。」

⁂

隔天早上，艾伯多國王再度召喚大女兒。

他看起來活像個瘋子，好多撮頭髮都戳出了王冠，眼下正拿著一雙芙烈達的鞋子甩啊甩。「這雙破鞋看起來像公主穿的嗎？」他怒吼。

自從前一晚跟母獅談完話後，芙烈達就感到無比的平靜。母獅輕柔的話語在她腦海中徘徊：「芙烈達，要相信自己。」

「這雙鞋子看起來像是去過很多地方。」她回答父親。

「可惡！」艾伯多國王把鞋丟到大殿另一頭，還打到一位幕僚的頭。「妳們什麼地方都沒得去！」他咆哮著，「我這樣是為了保護妳們！」

「您只是讓我們在城堡裡腐朽，」芙烈達說：「您害怕我們跟母后一樣死掉，於是狠下心奪走我們的生活。您難過到走火入魔了，還不曉得自己有多瘋狂。這陣子以來，您真的太過誇張，對我們太不公平了。」

艾伯多瞇起雙眼說：「那就說出妳們的祕密，說不定我會給妳們一點自由。」

芙烈達直視他的眼睛說：「您所謂的自由，恐怕不是我想要的自由。」

「芙烈達，身為妳的國王，我命令妳說出祕密。」

她深吸了一口氣。「身為您的子民，我拒絕。」

「那就別怪我無情了。」國王大發雷霆。

芙烈達曉得，後果要來了。

「芙烈達，我要放逐妳！」

她低下頭來。空氣中充滿詭異的氛圍。父親那句「我要放逐妳」如海浪撲來，刺痛著她的肌膚，但她並未因此動搖半寸，而是站在原地，不發一語。「放逐」這兩個字就像魔咒一樣！芙烈達從眼角餘光中，可以看到幕僚全都怕得不敢動。此時，她很確定自己聽到遠方的一聲獅吼。

「陛下。」一位幕僚開口，從陰影中走了出來，緊抓著國王剛才丟出的那雙鞋子，然後清了清喉嚨。原來，說話的是艾伯多最年輕的幕僚克倫斯，他那削瘦的臉上有對精明的眼睛。儘管年紀輕輕，克倫斯看起來卻疲憊不堪，彷彿這幾週應付艾伯多國王就讓他吃不消了。

「芙烈達公主是卡麗亞王國的重要資產，陛下，您確定……呃，這是明智之舉嗎？」

「閉嘴！」艾伯多喊道：「只有弱者才會三心二意！芙烈達，聽到了沒？妳被放逐了！」

芙烈達依舊保持沉默。艾伯多國王停頓了一下，調整著呼吸。「另外，傳令，」他繼續說道，同時奮力從王座起身，開始來回踱步，「凡是解開公主鞋子之謎者，就有權繼承我的王位，還能從我剩下的女兒中，挑一個當自己的妻子。」

「陛下！」克倫斯大喊。

然而，艾伯多國王已聽不進任何諫言。他指著頭上的金王冠說：「我會親自將王冠戴到那個人的頭上。」

芙烈達還是沒說半句話，盯著王座周圍一團團灰塵。國王睜大了雙眼，一邊繞著芙烈達，一邊說：「噢？妳現在沒有話要說嗎，芙烈達？想不到啊，這簡直是奇蹟，芙烈達居然無話可說！這可是國王的命令。」

他惡狠狠的說：「國王的成命永不收回。妳不是說過，我就是法律嗎？」

聽到這句話，芙烈達抬起頭來。此刻，她感受到銀森林的涼意在血液中流竄，金森林的火焰則燒著她的腦袋。她直視著自己的父親，眼神如鑽石般銳利，克倫斯向後退了兩步，艾伯多國王也一臉恐懼。

「你看看，他這麼隨便就可以將女兒許配給別人了。」她說，語氣堅定又清晰。「克倫斯，先不管什麼王國了，這件事當然不明智。但是話說回來，父王做過什麼明智的決定嗎？」她站直了身子。「父王，您可以放逐我，但是要妹妹嫁給任何不愛的男人，未免也太殘忍了。」

「我說了算！」艾伯多國王說。

芙烈達模仿著母獅的表情，意味深長的看著父親。「看樣子，您永遠都改不了對待女兒的方式。我真的很難過。也許，您總有一天會後悔。即使這樣，只要我還是您的女兒，就絕對不會說出鞋子的祕密。」

艾伯多回到王座上，用拳頭重重敲著扶手。「那我就當沒妳這個女兒！」

芙烈達從克倫斯那纖瘦又顫抖的手中拿回鞋子。「那就這樣吧。」她說，然後頭也不回的，離開了大殿。

⁂

此時，芙烈達的妹妹們正在城堡裡享受短暫出來透氣的時刻，完全不曉得姊姊正面臨難關。芙烈達從皇家鑄幣廠拿了一袋卡麗亞硬幣，草草的將抽屜裡少許東西裝進行李箱中，還有前次造訪地底森林所拾回的亮閃閃銀葉子、燦爛如陽的金樹枝，以及掌心那顆冷硬的鑽石。

妹妹們一回到房間，瞧見芙烈達臉色蒼白的坐在床緣，身穿樸素的棕色連身裙，披著看起來有失公主身分的外套。

「這件外套是哪裡來的？」狄萊拉問。

「妳為什麼要拿著行李箱？」瑪瑞拉問。

「父王又找妳麻煩了，對吧？」亞妮絲說。

「他每次都這樣。」艾瑞絲達說。

芙烈達公主露出哀傷的苦笑。「父王懷疑我們的鞋子壞得太快另有隱情，他決心查出真正的原因，但我堅持不透露任何事，不管是沙里姆、母獅，還是巨嘴鳥……所以，親愛的妹妹們呀，父王將我放逐了。」

妹妹們聽了都驚呼出聲，夾雜著憤怒與悲傷。

「放逐？」貝禮娜跌坐在地板上，抱著芙烈達的膝蓋，「不可以，妳絕對不可以離開，絕對不可以。」

「就算沒有我，妳們也會好好的。」芙烈達說。

「才不會。」波莉娜說。

「妳要去哪裡？」羅爾娜說。

「妳要怎麼生活啊？」芙蘿拉接著問。

「我生來就不只是為了過生活，妳們也一樣。」芙烈達掏了掏外套口袋，拿出了一把鑰匙。「猜猜看，這是什麼？」

「不會吧，怎麼可能，」薇塔說：「妳怎麼辦到的！」

「這是母后的車鑰匙，」芙烈達咧嘴笑了，「如果父王以為我只能用走的或是騎馬離開城堡，那他就準備大吃一驚吧。」

「我覺得，妳其實很幸運，」愛蜜莉說：「妳可以從此離開，獲得真正的自由，我們卻只能留在這裡。」

聽到這話，其他人都默不作聲，芙烈達也面色凝重。她思考著父親即將發布的可怕詔令，甚至要將自己的女兒與王國，拱手讓給率先解開祕密的男人，而且對方是誰根本不重要！芙烈達心想，愛蜜莉說得也沒錯。一旦被放逐於卡麗亞之外，婚姻之事絕對不用任人擺布。艾伯多國王為所欲為，即使聰明如克倫斯也未被善待。妹妹們只得自立自強了。

芙烈達站起身子。「愛蜜莉，在某些方面，我確實很幸運。但是妳們還有樹之宮呀。需要的時候，它就在那裡等著妳們。更重要的是，妳們還有彼此的陪伴。而且我在想，追求自由其實就好比用手去撈一條魚。」她模仿母獅，一個接著一個，將手掌擺在每個妹妹的心口上。「我好愛妳們每一個人，我發誓，一定會回來的。」

接著，她從床上提起行李箱。「我不知道自己要去哪裡，但是我保證一定會想辦法讓我們都得到自由。在那之前，妳們要答應我，繼續去地底的樹之宮。一定要常常去，要不然……它可能會消失。」

「消失？怎麼可能？」雀莎問。

「樹之宮一旦沒了賓客，就可能會被遺忘。如果希望某件事物不會消逝，就得時時現身才行。」

「沒問題，」亞妮絲說：「我們答應妳。」

「接下來還會有許多艱難的考驗，」芙烈達說：「所以想哭就哭吧，絕對不要忍住，白白浪費力氣。哭完了，就擦乾眼淚，觀察四周環境，好好思考，再採取行動。妹妹們，現在得靠自己站起來囉，不管鞋子上有沒有破洞。妳們都橫跨了潟湖、治好狐狸、找到樹之宮了，不是嗎？」

她給了每個妹妹緊緊的擁抱。「請妳們轉達給母獅，說

我現在明白了，然後幫我向她道別，好嗎？」

其他公主還來不及細問，芙烈達就提起了行李箱，抬頭挺胸的走出房間。她先向左轉，然後右轉，朝通往城堡車庫的樓梯走去。

宮廷技師也聽說了放逐令一事，以為公主是受國王命令前來，便不疑有他的打開了車庫大門。芙烈達發動車子引擎，聲音震天價響，乘客座上已開心繁衍好幾代的那窩老鼠，頓時被嚇得吱吱亂叫，瞬

間集體竄逃，紛紛跳進空汽油桶裡。

你應該還記得，公主的小房間內沒有窗戶。所以，妹妹們甚至無法目送芙烈達離開。

芙烈達沿著海岸離開拉哥普耶拉，蓬鬆的頭髮在鹹鹹的海風中飄揚，太陽在她的後方閃耀，隨著車輪不斷旋轉，城堡和樹之宮也逐漸遠去。誰料得到，違抗父王竟然會帶給她夢寐以求的自由呢？抗命本身倒是容易，真要離別，卻很困難。

說穿了，芙烈達此刻心情五味雜陳。

看著眼前燦爛的陽光，這原本是個值得慶祝的時刻，畢竟她多年來都盼望著自由！但想到妹妹們的命運得任憑父親那可笑的詔令擺布，她又怎麼開心得起來呢？

芙烈達嘆了口氣，雙眼盯著前方道路。她曉得自己再也無法到樹之宮跳舞了，而母獅早就知道這一天終將到來。但樹之宮並未完全消失，而是存在芙烈達的心裡，母獅厚實的掌心宛如滾燙的回憶，維持她內心那把火焰。而妹妹們依然會去那裡跳舞，畢竟別無選擇，她們只剩樹之宮了，妹妹們會繼續想辦法守護祕密，她也是。

車輪繼續轉啊轉，車子越過了丘頂。

芙烈達朝最後一群卡麗亞海鷗按了喇叭。
就這樣，大公主跨越了王城邊界。
消失在遠方。

第六章

狄萊拉公主與催眠藤

此時，在城堡中，艾伯多國王要人將那荒唐的命令印成一千份公告，全文如下：

國王詔令

昭告全國臣民：
卡麗亞王國　艾伯多國王陛下口諭
凡有任何男子解開公主鞋子之謎
即可繼承王位，並娶一位公主為妻
（十一位公主任君選擇）
意者於週二早上至城堡大門前報名

一千份紙本公告張貼在全國各地，包括商店櫥窗、咖啡館門上，甚至遠至郊區農民的家門口。艾伯多國王要人民知道，人人皆可爭取王位和公主。某些公告掉了下來，我想像著它們被海風吹出王城，沿著海岸路飄啊飄，然後越過層層山丘、落入山間小徑。我還想像著，其中一張來到芙烈達手中。當她看到父王以白紙黑字證明自身愚昧，不曉得會做何感想。

週二，城堡大門外出現長長的排隊人潮。報名的男子有老有少、技能各異，都是來碰碰運氣，想試試能否解開公主鞋子的謎團。他們特地從王國各地前來，家鄉遠在王城拉哥普耶拉之外，有的來自邊疆地帶、有的來自各個山頭、有的來自沙丘市鎮。隊伍中甚至出現一些女子，但令她們憤憤不平的是，城堡守衛居然叫她們離開。

所有男子整齊排成一列，朝著彼此展示身材，還吹噓事成後，要挑哪位公主為妻。他們紛紛搭起帳篷，吸引了小販前來兜售午餐，甚至還有街頭藝人前來賣藝。不過，這些男子都不大清楚一旦進了城堡，到底要回答什麼樣的問題，他們只曉得問題跟鞋子相關，所以想必十分容易。

瘦如惠比特犬的幕僚克倫斯，溜到大殿某面黑簾子後方的窗戶，看著下方馬戲團般的人潮聚集，心想艾伯多國王已失去了理智。芙烈達公主說得沒錯——怎麼會用這種方式來決定卡麗亞的王儲呢？艾伯多國王已下令，公主房間外要擺張行軍床給挑戰者過夜。他早料到會有許多人躍躍欲試，便規定每位男子只能用一個晚上來解謎。

克倫斯把臉埋在雙手中，祈禱會有奇蹟發生。

十一位公主則從另一扇窗戶憂愁的往外看。這陣子大小事不斷，她們已獲准到大殿活動。貝禮娜往下丟了顆核桃，從某名男子的頭上彈開，她見狀不禁竊笑。

「不管這些男的是王子還是窮鬼，我一個都不想要。」艾瑞絲達說。

「真是討厭，」羅爾娜說：「我只覺得噁心，好想念芙烈達喔。」

「芙烈達說會回來救我們，她絕對不會食言。」亞妮絲說。

但其他女孩就沒這麼樂觀了。薇塔平時開心的臉龐，如今也顯得蒼白。「可是，芙烈達現在不在這裡，我們一定要更機警。」她說。

「沒錯，一大堆笨蛋要來拆穿我們的祕密，」狄萊拉說：「我們必須想辦法不讓他們得逞，光是丟丟核桃不會有用的。」她嚴肅的瞧了貝禮娜一眼。

「芙烈達為了守護祕密被放逐，」雀莎輕聲說：「她犧牲了自己的幸福，所以我們一定要繼續——」此時她改用唇語悄聲說：「繼續跳舞。」

「芙烈達被放逐已經夠糟了，」艾瑞絲達附和著，「我們只剩下樹之宮了，不知道她人在哪裡，會不會寫信回來呢？」

瑪瑞拉靜靜掉著眼淚。「我不想結婚。」她說。

「我才不跟只想著破壞我們祕密的人結婚呢。」波莉娜說著，同時望向窗外那排忙著打理儀容的男人。

「對啊，還想從鑰匙孔偷窺我們的一舉一動。」亞妮絲打了個冷顫，「我年紀還這麼小，就算被挑到，父王也會拒絕吧？」

羅爾娜咬咬下唇。「很難說，所以我們一定要格外小心。」

「可是，大家，」芙蘿拉說：「不管是誰待在門外，都會發現我們不在房間裡。我們又不能把鑰匙孔封起來，因為這樣反而會讓人起疑。該怎麼辦呢？」

公主們絕望的看著彼此，外頭的人龍愈來愈長。眼前似乎無計可施，她們之中有一人勢必會被嫁出去，剩下的公主也許從此再也不得跳舞。

忽然間，狄萊拉激動的瞪大雙眼。「噢！太好了，我知道了。」她說：「為什麼我先前沒想到呢？快回房間，快，趁第一個男子還沒進來。」

十一位女孩努力維持優雅，走回房間，幾乎看得見狄萊拉腦袋裡洋溢著興奮之情。

所有公主都進到房內、關上房門後，狄萊拉馬上跑到自己的長袍旁。樓下傳來城堡大門打開的聲響，以及那些打算在公主房外睡覺的男子們的腳步聲。

「一定在這裡。」狄萊拉自言自語著，同時把許多葉子、泥土，甚至還有隻小蟲丟到床上。「有了！」她朝姊妹們揮舞著自己的法寶，只是看起來不大可靠。那是條乾癟的棕色樹藤，像蟲子般從她手中垂下來。

「那個東西幫得上忙嗎？」貝禮娜說著，淚水已在眼眶裡打轉。

「對啊，」狄萊拉得意的說：「妳們難道忘了，我們第一次到樹之宮時，發現了什麼嗎？」其他人一臉茫然看著她。「催眠藤啊！」她悄聲說：「好吧，」隨即跳回床上，環顧著姊妹們。「量看起來不多，但是沒多少時間了，我需要妳們的意見。說說看，妳們知道這植物有什麼用嗎？」

所有人都沒說話。狄萊拉嘆了口氣。此時，從走廊傳來的腳步聲愈來愈近。

「狄萊拉，快說吧。」亞妮絲說。

「大家，我們可以去跳舞了，」狄萊拉邊說邊拿起樹藤，「方法就是，將催眠藤丟到熱水中煮，瀝出的水份就是無味的強效催眠劑，只要在一杯酒或茶中加上一滴，就足以讓一個成年男子昏睡十二小時。」她的音量低到像說悄悄話，「但是必須非常非常小心，因為用太多的話就會致命，得交給經驗豐富的植物專家處理才行。」

「跟妳一樣經驗豐富的植物專家嗎？」亞妮絲露齒而笑。

狄萊拉回以微笑。「亞妮絲，妳知道我打算做什麼，對吧？現在我手上的數量足夠對付一百個男人。」

「但要是不小心失誤，害他們醒不過來呢？」愛蜜莉說。

「噢，是那些討厭的傢伙先來打亂我們的生活啊，」艾瑞絲達說：「不但要監視我們，還想未經同意就跟我們結婚。」

「可能的話，我會在他們飲料裡放三根催眠藤。」薇塔說。

羅爾娜舉起雙手。「好了、好了，我們不是要弄出人命，只是希望他們別管閒事而已。」

「那，這個計畫可以吧？」狄萊拉問。

「進行吧。」她們低聲回答。

⁂

第一個進來的男子——我該怎麼形容他才傳神呢？根本就是小丑。他進城堡時不是用走的，那幅趾高氣昂的德性，簡直就像是用滾進來的，彷彿奪取王國、搶走公主跟刷牙一樣簡單。

我忘了他的名字，反正一點也不重要。

亞妮絲看起來最無辜、最甜美又最像小孩，那名男子坐在行軍床緣時，就由她笑瞇瞇的奉上一杯熱牛奶巧克力。男子貪心作祟，接過來就一飲而盡，連聲謝謝都懶得說，女孩們隨即就被鎖進房間內。

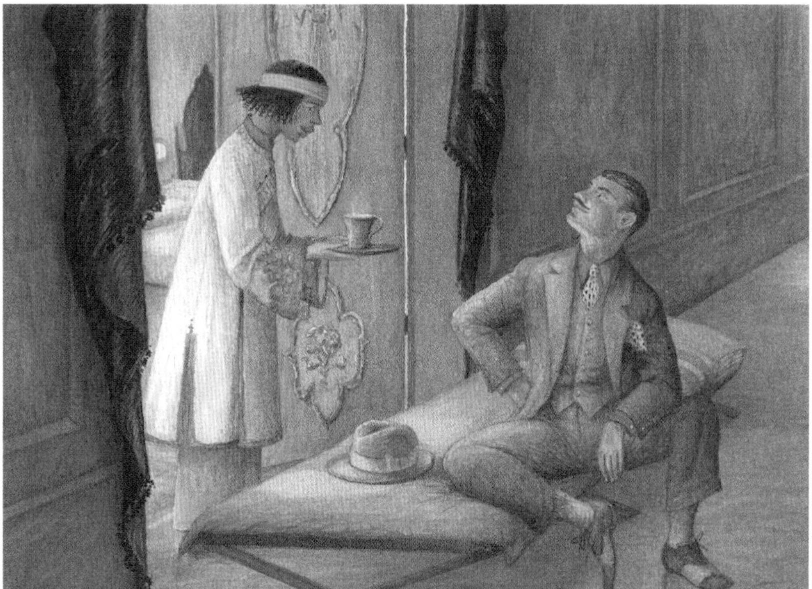

原本打算在門外守夜的他，不到五分鐘就呼呼大睡了。

＊

當晚在樹之宮，每位公主都跳得比平時更久一些，也更努力享受每次的旋轉與踏步，深怕以後再也沒機會了。亞妮絲轉告母獅，芙烈達說她明白了，並且要向母獅道別。亞妮絲原以為母獅會面露哀傷，卻意外看見母獅眼神中，帶著一絲自豪。

隔天早上，狄萊拉的計畫果然奏效。

第一位男子要覲見國王卻睡過頭，又拿不出證據交代公主的鞋子之謎，連個完整的句子都沒說完，就被守衛從第一扇落地窗丟了出去。如果我記得沒錯的話（是愛蜜莉告訴我的），他剛好跌到一堆馬糞上。

第二位男子則收到了一杯由高腳杯裝盛的卡麗亞美酒，這次依然由天真無邪的小天使亞妮絲送上。他兩、三口便灌下肚。透過房門，女孩們聽到他牙齒與淡金色高腳杯的撞擊聲，隨後就是如雷的鼾聲。她們移開母親的肖像畫，消失在寂靜之中。

當晚在樹之宮，她們將過程告訴沙里姆和母獅。狄萊拉馬上成為座上賓，巨嘴鳥叼給她特製的甜甜圈，內餡是野生藍莓醬，上頭還鑲了顆鑽石。

＊

「沒關係。」艾伯多國王自言自語著，此時已有六名男子自信滿滿的走進城堡，然後全都無功而返，絲毫不記得聽見或看見了什麼。「外頭那麼多男人來挑戰，總有一個會解開謎底，絕對沒問題。」

但等到第八名男子也失敗，艾伯多國王氣得快抓狂了。

接下來四個月，城堡外頭的排隊人潮一個個減少，努力想解開鞋子之謎的男子一個個失敗。帳篷收起來了，小吃攤販散去了，賣藝的也去其他王國找觀眾了。城堡內，艾伯多國王氣得在王座跳上跳下，墊子都給屁股坐成兩半。「卡麗亞的男人都不長腦袋嗎？」他憤怒叫囂，坐在露出羽毛的墊上語無倫次的嚷嚷著。

他的幕僚（尤其是克倫斯）很高興艾伯多的策略不見成效，但公主們不曉得還能用催眠藤撐過幾個晚上。狄萊拉的庫存幾乎要見底了，而且上次到鑽石森林時，成熟的植株都已拔光，只剩下還在生長的幼苗。

十一位姊妹趁還有催眠藤可用的期間，每晚依然走下五百零三個階梯、划船橫渡潟湖、徒步穿越三座閃耀的森林，前往樹之宮跳舞跳到鞋底都磨平了。沙里姆和母獅依然欣喜的迎接她們，但每每問到有沒有芙烈達的消息，她們都只能搖搖頭。電話仍舊無法使用，連信都沒來半封。

那麼，女孩們快樂嗎？

嗯，這個問題問得很好。這些日子，她們享有的快樂很不尋常。她們一再智取那些想破壞她們祕密的男子，但這樣的喜悅持續時間不長，舞跳完一下就消失了。成天應付那些男子其實十分累人。還不只如此，每天清晨時分上床睡覺時，她們都感到一股悲傷，像船錨般壓在心頭，讓人在床墊上動彈不得。整夜跳舞已無法令人滿足了，她們由衷思念姊姊，想要聽她說故事，想念她的堅強，想要十二位姊妹站在一起，而不是只剩十一人。

終於，最後一名男子也離開了城堡，無法拆穿公主們的祕密。艾伯多國王心力交痒，深深後悔自己竟同意這項可笑的方法，責怪起當初提出建議的那些幕僚，他們也只能乖乖認錯。

女孩們首次嘗到如此苦甜參半的勝利，味道還頗像煮沸前的催眠藤。

城堡一片寂靜。女孩們失去了跳舞的興致，連簡單的踢踏舞都沒心情。

於是，就這樣，卡麗亞王國的一切，就此改變。

第七章

加冕儀式

薇塔率先聽到了，天空傳來微微的嗡嗡聲，愈來愈近，她猜是從大海另一頭來的。

當時正好是在外頭散步的一小時，十一位公主在城堡花園裡，漫無目的閒晃在棕櫚樹和溫室之間，見到鮮豔的粉色花瓣也不會感到喜悅。四面的圍牆擋掉大部分的陽光，花園本身也沒有任何風景可言。

但薇塔還是聽到了。她抬起頭，只看到一方明亮的藍天，沒有半片雲朵，然而嗡嗡聲卻愈來愈大。「艾瑞絲達，」她朝姊姊說：「幫我，我想爬到那面牆上。」

「什麼？」

「仔細聽，妳沒聽到那個聲音嗎？」

「只是一隻生氣的蜜蜂啦。」

「別傻了，哪有蜜蜂會氣成這樣，我想親眼看看！」

於是，愛蜜莉站在芙蘿拉肩膀上，芙蘿拉站在狄萊拉肩膀上，狄萊拉站在瑪瑞拉肩膀上，瑪瑞拉站在薇塔肩膀上，薇塔站在貝禮娜肩膀上，貝禮娜站在雀莎肩膀上，雀莎站在艾瑞絲達肩膀上，艾瑞絲達站在羅爾娜肩膀上，羅爾娜站在波莉娜肩膀上，而愛蜜莉肩膀上站著個頭最小的亞妮絲，好不容易才高過圍牆，可以朝牆外看個寶貴的幾秒鐘，再久一點守衛就會回來，害她們全都摔到地上。

「看到了嗎？」波莉娜小聲說：「拜託快一點，我的肩膀好痛！」

「噢，天哪，」亞妮絲說：「我看到一架飛機耶。」

「就這樣？我還寧願是隻生氣的蜜蜂咧。」

「我不覺得喔，姊姊，那架飛機準備要降落在沙灘上了！」

亞妮絲靠著姊姊們的支撐往下爬，跑出花園好看得更清楚一點。其他人緊跟在後，飛機引擎聲在她們體內迴盪。沒有人阻止她們，因為此刻所有人都聽說有架飛機要降落在沙灘上。眼下整座城堡都鬧哄哄的，侍女跑來跑去，幕僚忙著找長袍穿上，守衛急著尋找武器。卡麗亞不曉得多久沒發生這麼刺激的事了。

公主們從高高的陽台往下望，只見一架小型雙翼飛機在藍綠色浪花上方盤旋，上頭的飛行員想必是專家，或正圓、或橢圓的繞圈，時而低空飛行，時而翱翔天際，彷彿想確定整個王國的人都看見了這場演出，尤其是那十一位公主，因

為剛好就在城堡外頭。最後，飛機差不多要降落了，公主們看著尾翼先筆直飛離又掉頭回來，準備停在圍繞城堡的那片空曠沙灘上。「砰」的一聲，飛行員輕鬆降落，隨即將引擎熄火。

女孩們既興奮又害怕，城堡守衛們已衝向飛機，左輪手槍均已上膛，克倫斯為首的幕僚匆匆跟在後方。此時，駕駛艙的窗戶打開了，一名高瘦的年輕男子先是撐起手臂，再來是身體與雙腿，輕輕鬆鬆的跳到沙灘上。他身穿飛行服、夾克、白圍巾、皮帽和墨鏡，儘管這些行頭遮住他的臉，公主們仍看得出他十分帥氣。

她們拉長了耳朵，設法聽到沙灘上的對話。飛行員把墨鏡推到額頭上，一邊手擋豔陽，一邊欣賞著大海。「這片沙灘還真美啊，」他說：「這裡是卡麗亞王國嗎？」

「可能是，」克倫斯說：「請問您有何貴幹？」

飛行員在夾克口袋裡掏了掏，結果拿出一張紙，紙條在他手上隨風飄動。他倚靠著機翼說：「我是來這裡見國王的，是艾伯多國王，對吧？」

「噢，不會吧，」波莉娜說：「他手上拿的是父王的詔令耶！」

貝禮娜感到洩氣，「我還以為已經把那些傻蛋都打發走了。」

「可是他長得好帥喔，」雀莎說：「而且他還會開飛機耶。」

「我才不管他帥不帥！就算有二十架飛機也一樣，我們照樣要給他喝催眠藥！」艾瑞絲達雙臂抱於胸前，「居然敢拿著那張破紙就跑來……」

「當然啦，小艾。」波莉娜說，但自己也很難把視線從那年輕人身上移開。此刻，他身處一群守衛的正中央，從沙灘昂首闊步走來，在沙上留下一排俐落的靴印。

「想像跟他跳舞的樣子，」亞妮絲吸了口氣，「嗯，他跳起舞來一定很瀟灑。」

＊

女孩們躲在一面簾子後方，偷聽飛行員跟父親的對話。

「你從哪裡來？」艾伯多國王問。

「大海的另一頭。」飛行員回答。如今她們離他比較近了，可以清楚聽到他的聲音：語調低沉平穩，如同悅耳的曲子。

「你的飛機還滿……好看的。」艾伯多國王此時的口吻不像國王（可以想見，他原本已放棄希望了，而現在難得有如此俊朗、自信又像未來王儲的人出現在眼前）。艾伯多覺得面前這位男子，就像小時候讀過童話故事裡的英雄，而且還是個貨真價實的飛行員，在天空飛翔，多麼新潮又大膽啊！

「謝謝您，」年輕人微笑著說：「在我的王國，大家都把自己的飛機保養得很好，主要是為了備戰。」

「所以你打過仗嗎？」

「算是吧，我只挑特定的仗來打。」

「了不起，那你打獵嗎？」

「我獵捕過幻影，陛下。」

艾伯多國王點點頭，佯裝自己聽得懂。他從沒見過這麼優秀的年輕人。「我想也是，」他回答：「你大老遠跑來，想必是打算解開我女兒的鞋子之謎吧？」

年輕人交出那張皺巴巴的詔令。「是的。」

「那可能要奇蹟發生。我那些女兒已經難倒了全國上下的男人。」

「嗯，奇蹟確實會發生喔。陛下，如果我成功了，您真的會加冕我嗎？」

艾伯多攤開雙手說：「這是當然！身為國王，說到做到。另外，我也該退位了。你絕對能勝任這份工作，體魄這麼好的小伙子，你該不會剛好是……王子吧？」

男子鞠了個躬。「生來便是王宮貴族，陛下。」

國王樂得拍手叫好，大聲嚷嚷著：「噢，太好了，太好了！」克倫斯好奇的伸長脖子，仔細瞧著年輕人的樣貌。艾伯多拍了拍飛行員的背，就哼著歌離開了，盤算著退位後要安排哪些休閒娛樂。

＊

當晚，狄萊拉在小房間備妥了最後的催眠劑，然後照例由亞妮絲出馬，她端了甜薄荷茶給飛行員。他直挺挺的坐在行軍床上、背靠著牆，看起來若有所思又略帶哀傷，目光落在地板上，把手中那杯茶轉啊轉的。他就是不看亞妮絲，但亞妮絲早就習慣了——那些前來挑戰解謎的男子，幾乎都不大把她當一回事。奇怪的是，這名男子連公主們先前逐一經過時，也沒有打量任何一位，反而壓低了頭、半張臉埋在圍巾裡，不曉得有何心事，刻意避免眼神接觸。

亞妮絲站在他面前。「這款茶非常好喝，」她說：「你應該喝喝看。」

「謝謝妳。」他的圍巾遮著嘴，聲音有些含糊。

「那就喝吧。」

「妳好像很希望我趕快喝茶，亞妮絲公主。」他邊說邊盯著茶杯，芬芳的霧氣從上頭飄起。

「我……」亞妮絲說。

「妳喜歡這裡嗎，亞妮絲？」飛行員問。

「我……以前很喜歡。」

「為什麼呢？」

「因為我們以前可以做實驗、玩音樂，還會到處探險。雖然現在我們有了……」

亞妮絲及時收了口。她發覺這名飛行員意外的親切隨和，但如果姊姊們聽到她差點說出樹之宮的祕密，絕對會大發雷霆。

「妳們還有個祕密嘛。」飛行員幫她說完話，「妳們的口風很緊。聽說我是第一千個來解謎的人了。」他笑出聲，亞妮絲也不自覺咧嘴而笑。

「大概吧。」她說。

「那妳喜歡當公主嗎？」飛行員問。

「有些地方喜歡。」

「哪些地方呢？」

亞妮絲緊張的雙腳動個不停。其他男人從沒問她任何問題，實在不大習慣。「我喜歡跟姊姊們在一起，」她說：「但是你想帶走我們其中一個。」

「這個嘛，希望有一天，妳們能按照自己的意思決定要不要離開城堡。外頭的世界很大喔，亞妮絲公主，」飛行員說：「我親眼見過，出去看看也不是什麼壞事。」

亞妮絲聽得一頭霧水，幸好這位年輕飛行員沒再多話，舉起杯子就喝光了摻著催眠藤的茶。

不出幾分鐘，女孩們就聽到他淡淡的打呼聲。說也奇怪，聆聽門外這位飛行員輕柔的鼾聲，她們感到十分平靜。亞妮絲轉述了飛行員那番話後，公主們內心竟湧現睽違已久的跳舞興致。

※

隔天早上，催眠茶固然奏效，但公主們一致覺得捨不得那位年輕人離開。她們全都下樓到大殿，打算目送他被父親趕走。他身穿飛行服、頭戴墨鏡，側邊拿著小袋子。亞妮絲發覺，他的雙手正微微顫抖。

「所以，小伙子，」艾伯多國王說：「你解開了鞋子之謎嗎？」

聽到這句話，這名年輕人略顯猶豫，但隨即下定決心似的說：「是的，陛下，我知道公主的祕密了。」

女孩們嚇得倒抽一口氣，全部轉頭看狄萊拉，催眠茶沒有效嗎？亞妮絲親眼看他喝完了啊！她們還聽到他在門外打呼啊！到底哪裡出了問題？狄萊拉氣得快冒煙了，比前晚的催眠藤還要沸騰。

艾伯多國王簡直難以相信，身子向前傾的說：「真的嗎？快說啊。究竟是什麼祕密？」

「公主們每天晚上都去跳舞。」年輕人說。

「你說什麼？」

亞妮絲驚呼一聲，但飛行員仍繼續說下去。「她們打開房間裡的暗門，暗門就藏在皇后肖像畫的後面。」

艾伯多露出困惑的眼神。「我妻子的肖像？」

「確實如此，宛如是蘿莉亞皇皇后帶路的。公主們走下五百零三個階梯，不怕黑暗與蜘蛛網，抵達一座寬廣的瀉湖。亞瑞絲達公主下水游泳，發現了六艘小船，公主們便划著小船到對岸。她們穿越了三座森林：第一座是銀森林，是雀莎公主發現的。第二座是金森林，是愛蜜莉公主治療受傷的狐狸時發現的。第三座是鑽石森林，裡頭可以找到催眠藤，植物專家狄萊拉公主就是靠著這種植物，來迷昏所有覬覦您王位的追求者。」

艾伯多國王訝異的看著女兒們。「亞瑞絲達？」國王整個人楞住了，「我根本不知道妳會游泳。雀莎？還有妳……狄萊拉，妳一直在對可能成為未來國王的人下藥嗎？」

女孩們惡狠狠的瞪著飛行員，但他還沒說完：「陛下，她們穿越三座森林後，就會進入一座樹之宮。」

聽到這句話，幾位公主感到膝蓋無力、癱軟在地。

「什麼？」艾伯多國王說。

一名年紀較長的幕僚伯納德走上前，低聲在國王耳邊說：「陛下，真是胡說八道，是否該趕走這小伙子？」

「陛下，」克倫斯開口，十分好奇的看著飛行員，「依小的所見，能否先讓他說完呢？」

國王還沒決定，飛行員便繼續說下去：「樹之宮位於一棵大樹的根部，公主們會跟母獅、孔雀，以及各種動物一起跳舞、吃飯和唱歌，她們都會跳到盡興為止，這麼快樂的模樣我還是頭一回見到。假如我可以把那些快樂的能量收藏起來，陛下，我敢說用來開飛機都沒問題。」

「荒唐。」幕僚伯納德說。

「真有此事？」國王問。

「如同我站在您面前，這是千真萬確。跳了整晚後，公主們會沿著原路回房間，累得癱到床上睡著，一雙雙鞋子整齊排好，只是全都破破爛爛了。陛下，以上就是您這些日子以來急著想知道的真相。」

接下來大殿陷入沉默，公主們萬分悲傷的看著彼此。幕僚們勢必會發現那扇暗門，她們的人生也就到此為止了。父親絕對會把樓梯封起來，再也不准她們離開房間了，甚至會禁止唯一一小時的自由時間。那名飛行員又會挑誰當妻子呢？現在沒人對他有好感了。羅爾娜忍不住掉下眼淚。

艾伯多國王一臉震驚的說：「銀森林？金森林？」

「他在幻想。」伯納德說。

飛行員笑著說：「也許吧。但是真的喔。」

「你把陛下當笨蛋嗎？」伯納德說：「根本沒有什麼樹之宮或跟母獅跳舞這種事，獅子只會吃掉你。」

飛行員鞠了個躬。「恕我直言，我說的這隻母獅不會吃人。不過呢……」他仔細打量著伯納德，補了一句話：「如果是你，她可能會想吃吃看喔。」

「飛行員，」克倫斯說：「你有證據嗎？至少證明森林真的存在。」

飛行員蹲下，打開袋子。令女孩們驚恐的是，他居然拿出了一片銀葉子，那的確是從銀森林帶回來的。他用銀葉指著國王，葉子像小盾牌般微微閃耀，艾伯多有些畏懼的縮回王座上。飛行員將銀葉擱在地板上，又掏出了一根金樹枝，在太陽照射下光芒四射。他朝著國王舉起金樹枝，彷彿是一把權杖，國王緊張的吞了吞口水。最後，飛行員在袋子裡翻了翻，拿出一顆大鑽石交給艾伯多，目光正如控訴似的，眼睛眨啊眨。

「老天爺啊，」艾伯多大喘著氣，「我從來沒見過如此寶貴的金銀珠寶。孩子們，還想否認嗎？回答我！」

波莉娜從地板上站起來，內心好像有什麼壞掉了。

「噢，父王，」她說：「我們只是喜歡跳舞而已！」

「懇求您，父王，」薇塔說：「拜託，不要再把我們關起來了！」

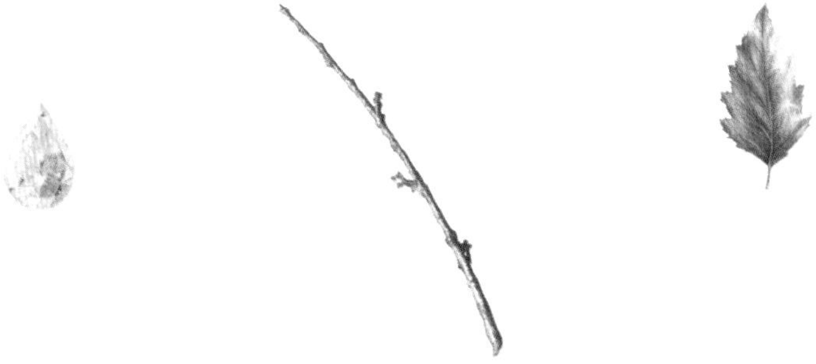

國王略顯吃力的起身。「所以是真的！妳們居然如此傲慢又忤逆，根本就是密謀造反，實在太令我傷心了，枉費妳們是我的女兒！每天晚上都跑去漆黑的潟湖、奇怪的森林，還跟什麼母獅在一起——我那麼努力保護妳們，結果呢？」

公主們看著飛行員，她們內心的痛苦全寫在臉上。「各位公主，我曉得這件事對妳們十分珍貴，」飛行員說：「但是相信我，卡麗亞王國需要新的君王，所以我別無選擇。」

「你怎麼可以這樣？」芙蘿拉說：「我們還以為你是好人！」

艾伯多國王轉頭面對飛行員。「好不容易啊！」他拉高音量，「終於找到有資格繼承王國的人了！機伶、勇敢又有智慧！過來吧，小伙子。你是名副其實的王子，當然會得到應有的獎賞。克倫斯，明天就舉辦加冕儀式，簡單低調就好。」

幕僚們看著彼此，其中一半的人，包括克倫斯在內，表情似乎在說：「有何不可？」艾伯多國王向來都難以伺候，但這位年輕人的潛力無窮。而另外一半以伯納德為首的幕僚，看上去半信半疑，應該是說——很不高興，頗帶敵意的瞪著年輕人。

「陛下，您真的要加冕我嗎？」年輕人問。

「我這輩子從來沒這麼肯定過！」國王說：「那麼，你要挑哪個公主當妻子呢？」

飛行員面帶猶豫，轉頭望向十一位女孩，全都陰沉的怒瞪著他。亞妮絲察覺，他的眼神閃過一絲憂鬱，但隨即又掩飾了。

「我不太曉得……」他說。

艾伯多眉開眼笑。「那就先加冕，再選皇后囉？」他問。

「這樣的話就太好了。」年輕人回答。

＊

克倫斯辦事向來高效率，加冕儀式隔天就在大殿備妥了。艾伯多國王甚至下令拆除黑簾子、清掃一團團灰塵。侍女們將城堡裡外打掃得乾乾淨淨，水晶吊燈在璀璨燈光下格外耀眼。

只是有個小問題。

飛行員、艾伯多國王和十一位公主都不曉得，國王身旁疑心病最重的幕僚伯納德，決定親自驗證飛行員說的話：蘿莉亞皇后肖像後面，是否真找得到一扇門，通往五百零三個階梯、廣闊的潟湖、三座森林和樹之宮。等公主們都到了樓下大殿，伯納德溜進她們的房間，猛然從牆上扯下蘿莉亞皇后的肖像畫。

沒有任何暗門。

伯納德找了又找，敲敲牆壁、仔細摸過，卻什麼都找不到。

眼前只有扎扎實實的牆壁。

根本是場騙局！卡麗亞王國的未來居然要交給一個陌生人，還是個騙徒！天曉得那個飛行員還撒了什麼謊？「絕對不要信任開飛機來的人。」伯納德喃喃自語著，怒氣沖沖的衝出房間，準備前往大殿秉報艾伯多國王，不然就為時已晚了。

如今，十一位公主都坐在王座旁的金椅子上，支持加冕飛行員的幕僚站在後方。艾伯多國王坐在王座上，這位子坐了這麼多年，即將要讓位了。國王甚至叫來了之前的傳令官。自從蘿莉亞皇后過世後，他就再也沒演奏過小號了，此刻他卻站在艾伯多國王旁，手中握著小號待命，空氣中滿是興奮與期待。

飛行員走進大殿時，全場鴉雀無聲。艾伯多站起來，摘下自己頭上的王冠。

與此同時，城堡內遙遠的另一頭，傳來匆匆的腳步聲。

飛行員來到王座前，在艾伯多前單膝跪下。這一刻，公主們簡直快窒息了。傳令官吹奏起小號，樂音凱旋又激昂，充滿王室的貴氣。

匆忙的腳步聲愈來愈近，回音沿著走廊迴盪。

艾伯多高高舉起王冠。「我在此宣布你為卡麗亞國王。」他對飛行員說道，隨後將王冠戴到眼前這位年輕人的頭上。

「等一下！」門外一聲大喊，伯納德隨即衝入大殿，所有人都轉頭看他。「根本沒有什麼暗門！」

但伯納德剛好晚到了幾秒，卡麗亞已有了新任國王。克倫斯大大鬆了口氣，削瘦的臉上滿是寬慰。

亞妮絲轉頭望向窗戶。清新的海風輕柔吹送，所有窗簾愉快的舞動，殿內陽光變得……沒錯，變得更耀眼了。她眨了眨眼，剛才是不是……有隻巨嘴鳥飛過去？她再看一眼，卻不見蹤影。

伯納德緊抓著簾子，上氣不接下氣。

「國王的成命永不收回。」飛行員說，隨即站起身子，環顧大殿。他的表情平靜，對公主們微笑。無論再怎麼難過，她們也不得不承認，王冠戴在他頭上確實很好看，此刻在飛行帽上閃著金光，正如金森林裡的橡樹林。

「陛下啊陛下，」伯納德邊喘著氣邊鬆開簾子，蹣跚的走向艾伯多，「這真的是大錯特錯，從頭到尾都是一場騙局，根本沒有什麼暗門！我親自確認過了！沒有什麼樹之宮。全都是一派胡言，那個小子在騙您，您剛剛把王冠交給了騙子！」

艾伯多眨了眨眼，又搖了搖頭。「騙子？」

「真的有樹之宮，」新任國王說：「我自己就去過好幾次了。」

公主們面面相覷，好幾次？但飛行員明明只待了一個晚上啊。

「我要親自走一趟，」艾伯多說得理直氣壯，「如果沒有的話，我就要拿回王冠。」

「樹之宮並不是想去就能去的。」新任國王說。

「您看看！您看看！」伯納德說：「因為根本沒有那個地方！」

「有，」新任國王說：「只不過，你必須在賓客名冊上才行。」

亞妮絲好奇的盯著飛行員。他也曾經是樹之宮的貴賓嗎？「真的有！」她不滿伯納德的指控，一時忘了要保守樹之宮的祕密。「只是要懂得怎麼去。」

「沒錯，」波莉娜站到亞妮絲旁邊，「您也親眼看到金樹枝了，父王，還有銀葉子和鑽石。」

艾伯多疑惑的掃視著女兒們。「沒錯，」他說：「我的確看到了。」伯納德語帶不屑的說：「搞不好他是在來這裡的路上，隨便在哪個舊市集買到那些會發光的玩意兒。」

艾伯多慌了起來。「這也有道理。」

「陛下，」克倫斯安撫的說：「想想您的退休計畫吧。」

也許是為了要解決眼前爭端，新任國王將手伸進口袋，掏出一雙破爛的鞋子，底部坑坑洞洞。「如果我真的騙了您，陛下，」他對艾伯多國王說：「那也只有一件事。」他把鞋子遞向前任國王，「您還記得這雙鞋嗎？」

艾伯多盯著那雙穿爛的鞋子，頓時臉色發白，呼吸愈來愈急促。亞妮絲看到鞋子時，瞬間明白了，她也倒抽了一口氣。

新任國王將破鞋丟到大殿地板上。

他摘下王冠、飛行帽和墨鏡，從頭到尾盯著艾伯多瞧。他的手指一扭，就此鬆開髮束，飄逸的長髮落到肩頭——是芙烈達，她正站在眾人面前。

芙烈達，正是新任國王。

「我想，各位該稱我為卡麗亞女王吧。」芙烈達對驚愕的眾人說，一邊用食指轉著飛行員墨鏡，一邊用單手將王冠戴回頭上。

伯納德瞧了她一眼，立即昏倒在地板上。

「我就知道！」亞妮絲大叫。

艾伯多往後踉蹌了幾步。「芙烈達？可是……」他嘟噥著。

「我就知道妳會回來。」亞妮絲說。羅爾娜淚流滿面的癱軟在地，其他妹妹則激動的歡呼。

「芙烈達女王！芙烈達女王！」薇塔喊著。

「我說到做到，對吧？」芙烈達邊說邊展開雙臂，她不僅是一流飛行員，更是卡麗亞的新女王。妹妹們一擁而上，緊緊抱住大姊，或埋頭在她肩上哭泣，或親吻她的臉頰，或拍拍她的飛行夾克、試戴她帥氣的墨鏡。

「妳去了哪裡？」亞妮絲說：「妳怎麼會……」

「我不是說了嗎？外頭的世界很大，」芙烈達微笑著說：「我晚點再告訴妳們細節。」

「這怎麼可能，」艾伯多氣得跺腳，「我的女兒都不會開飛機啊！」

「噢，父王，您眼前這個女兒就會喔。我花了好幾個星期，總算學會了。」

「芙烈達，把王冠還給我！」

「恐怕無法如您所願，父王，」芙烈達語氣堅決，「您以前也跟我說過了：只要有了這個王冠，我就是法律。」

「但是……」

「克倫斯說得沒錯。謝謝提醒。父王，您不是計畫好退位後的生活了嗎？」

「但是……」

「那個鑽石送給您，當作女兒的一點心意。」

艾伯多瞪著剛成為女王的大女兒。其他公主們在一旁觀看。站在原地不動的父親，似乎在跟自己搏鬥。他宛如迷惑不已的魚般，嘴巴忽開忽闔，眼神充滿了驚愕，看起來在跟自己的靈魂拔河。然後，他居然啞然失笑——沒錯，連月來都沒笑過的艾伯多，開始渾身顫抖，一下捧著肚子呼呼哈哈，一下又尖銳的嘻嘻嘶吼，眾人暗自希望那意味著開心。「噢，我的天哪！我的天哪！」他說。

「陛下，您還好嗎？」克倫斯問。

眼前這位老人瞪著他。「好得很！」他說：「從來沒這麼好過！」他打開手掌，看著躺在掌心的鑽石，朝他微微閃爍，宛如象徵著他從來不敢奢望的未來。然後，令所有人吃驚的是，他居然往大殿外狂奔，還絆到依然嚇得躺在地上的伯納德。

沒有人阻止得了前國王，他只想盡快逃離城堡。眾人聽到他啪噠啪噠的跑下走廊，不時夾雜著狂笑與歡呼，那些他長大後就沒敢發出過的聲音。

「芙烈達女王，」克倫斯從驚愕的一群官員中走出來，削瘦的臉頰露出喜悅。他跪下說：「偉大的君王站在我等面前，能服侍您是三生有幸。」

其他幕僚看著彼此，考慮要不要效法克倫斯。

「女王？」其中一名幕僚低聲說：「這好像有點……新奇。」

「幸好我沒指控新任國王是騙子，伯納德真是又蠢又倒楣！」另一個幕僚悄悄說。

「但也不算太新奇，對吧？」又有一位幕僚開口，「芙烈達女王還是原來那個勇敢、聰明、體貼的人啊。」

「沒錯，而且還有誰比她更了解卡麗亞王國？沒別人了。」

於是，所有官員紛紛下跪行禮。

「謝謝你，克倫斯，謝謝各位。」芙烈達說：「請先起來吧，然後，別再說悄悄話了，我們還有好多事要忙呢。」

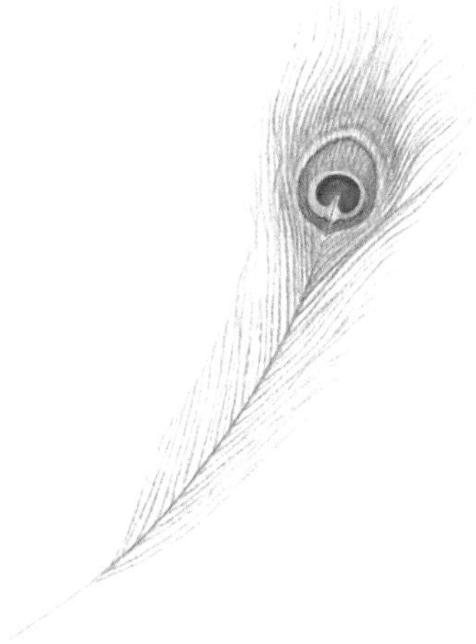

第八章

孔雀與掌印

芙烈達成為女王後，卡麗亞王國就成了截然不同的地方。有些幕僚不贊成女王主政（而且還是如此聰慧的女王），於是被解職了（包括伯納德在內）。芙烈達在克倫斯的輔佐下，請了各式各樣背景與經驗的人來城堡任職。她成了一位英明的君主，備受人民愛戴，公正無私、善解人意，開明又有耐心，帶領人民運用機智渡過難關。三不五時，可以見到她開著雙翼飛機，飛越拉哥普耶拉的上空，或低飛、或翱翔於遠近馳名的卡麗亞海上。

她上任大約一個月後，就在城堡內打造了一座舞池，地板是黑白磁磚相間，燈光五顏六色，宛如螢火蟲飛舞。每到週五，全國人民都受邀來此跳舞，現場也少不了美食佳餚。

艾伯多終於不再瘋癲傻笑了。他明白了兩件事：首先，大女兒向來都比自己聰明。再來，他確實卸下國王的身分了，可以好好享受人生。面對這樣的領悟，最好的解方就是大笑了。他收拾行李，出國旅行，幾年內不會回來，還特地將鑽石隨身攜帶。

多年過去了，公主們都在想，父王是否再也不回來了，而且奇妙的是，每位公主其實都偷偷的想念著他。父母就是這個樣子。母獅說得沒錯，艾伯多不是壞人，沒有人是真正壞到骨子裡，只是有時會迷失方向而已。說不定，艾伯多跟芙烈達一樣，離開後便找回了自己。艾伯多每到一個國家，就會寄明信片回來，城堡的冰箱上，貼滿了他的問候。

波莉娜公主獲任命為城堡天文學家。狄萊拉公主成了首席園藝師，她還留著充足的催眠藤，以備不時之需，她也不時提供人民種植草藥與植蔬方面的建議。貝禮娜公主現在是外交部長，而且自從她上任以來，卡麗亞王國與鄰國已協議停戰。愛蜜莉公主成為獸醫，守護遠近動物的健康。艾瑞絲達公主成為知名的畫家，前往世界各地展出自己的作品。瑪瑞拉公主掌管王國的預算。雀莎公主經常開個人演唱會，偶爾也會巡迴演出，只要她在拉哥普耶拉，城堡就會開放音樂家前來演奏。羅爾娜公主創辦了好幾所學校，全國人民都可以來上課。薇塔公主在沙灘上經營一家劇院，而每年夏天舉辦的卡麗亞藝術節，都會接連慶祝好幾週，你只要算好時間，就能觀賞一流的戲劇。芙蘿拉公主是城堡圖書館館長，許多人特地遠道而來，就是想找個舒適的角落，讀著她精挑細選的書籍來消磨時光。

那亞妮絲公主呢？那個離不開打字機、成天想說故事的女孩呢？

嘿，我過得還不錯。

至於樹之宮，你可能納悶是否真的存在。一般人難免會好奇，前任國王的幕僚伯納德說它不存在，只是因為他找不到罷了。

其實，芙烈達獲得加冕的那天晚上，我們累到完全忘記檢查那扇門是否還在。而芙烈達成為女王後，姊妹們有好多事要忙，便再也沒去找那扇門了。我們長大後成了獨當一面的女人，力氣都花在經營各自的生活上。當然啦，我們時常想起樹之宮、沙里姆、母獅、巨嘴鳥，還有跳舞有多快樂。但樓上城堡的大小事就夠我們忙了，所以必須坦承這些年來，我們愈來愈少想到樹之宮了。我覺得也可以說，我們都不想再回到那個沒有窗戶的房間，畢竟當年無辜被關了好幾個月。

昨天，發生了一件奇怪的事，我一定要記錄下來。

早上，城堡門口送來了一個大盒子。我到處問是誰送來的，值班守衛卻說沒看到，也沒附上任何訊息。不過，盒子旁擺了根孔雀羽毛，旁邊有個餐盤大的掌印烙在地上。我小心翼翼的打開盒子，裡頭是疊成金字塔狀的果醬甜甜圈。

我站在原地，盯著那些甜甜圈。忽然間，一股熟悉感湧上心頭！我的心跳也撲通跳得劇烈。我想起芙烈達在多彩燈光下旋轉跳躍的模樣，也想起艾瑞絲達在潟湖裡的泳姿，以及愛蜜莉幫小狐狸療傷的情景，這些感覺是好久以前的事，卻又像上星期才發生而已。咦，好像有人在看我？我轉過頭，掃視著地平線，只見卡麗亞海、海岸與翠綠山丘，不見任何人影。

當天下午，我把盒子拿給芙烈達。她剛剛在大殿跟克倫斯開完會，其他公主各自有任務在身，所以都不在城堡裡。芙烈達女王看到甜甜圈便眼睛一亮，我說這盒甜甜圈是早上送來的，但沒附上任何字條說明，只留下一根孔雀羽毛和一個大掌印。

芙烈達伸手從盒子拿出一個甜甜圈，顯然是當天才烤好的，上頭的糖粉像迷你鑽石般閃爍。「妳覺得……」她愈說愈小聲。

我看著她說：「我正是這麼覺得。」

她猶豫了一下。「老實說，亞妮絲，有時候，我在刷牙，或準備開會，或寫信的時候，我發誓，真的，我聽到了母獅的吼叫聲。」

「我也是耶！」

「噢，謝天謝地，我還以為自己瘋了。」

「那聲音聽起來很遙遠，可是說也奇怪，我可以從體內感受得到。」

貴為女王的芙烈達看著我。她臉上幾乎沒留下歲月的痕跡，也依然穿著精美的鞋子。「我也有一模一樣的感覺，」她說：「而且我一直在想，樹之宮一定還在那裡，沙里姆、母獅和巨嘴鳥，還有爵士樂隊都在，等著下一批貴賓的到來。畢竟，有些地方雖然到不了，但不代表不存在啊。」（姊姊真是充滿智慧的女王哪。）

「我總是覺得自己回不去了。但是我們要不要……今天晚上回去看看呢？」她邊說邊小口啃著甜甜圈，「要不要回去那個又窄又暗的房間，搬開母后的肖像？」

我想起了那個幕僚伯納德，他推開蘿莉亞皇后的肖像，結果只看到厚厚一面牆。我想起我們年幼時，發現那個陰冷的樓梯間，走下五百零三個階梯，抵達了帶給我們許多快樂的世界。我不敢猜想這次可能找到什麼，但又想起那一盒閃亮亮的甜甜圈。

我想必沉默了好一段時間，因為芙烈達擔心的看著我。「繼續前進嗎？」她問我。

我露出微笑。「前進吧。」我回答，隨後就約定了一個時間，到時候，城堡所有人都會睡得正熟。

我看了看時鐘，約定的時刻到了。在這個夜晚時分，卡麗亞王國一片漆黑寂靜。多虧了貝禮娜在國際外交的努力，卡麗亞王國多年來都維持著和平。走廊傳來了芙烈達走近的腳步聲，她提燈的金色光暈逐漸靠近。我感到內心有股久違的興奮微微震動著。我們等等會結伴走過城堡一條條長廊，芙烈達與我，手牽著手，耳畔迴盪著母獅的低吼。我們會找到那個舊房間，靠近那幅肖像畫，合力將它推開，答案就會揭曉。

KALIA

故事館 67
公主不在城堡裡
The Restless Girls

作　　者　潔西．波頓（Jessie Burton）
繪　　者　安琪拉．芭蕾特（Angela Barrett）
譯　　者　林步昇
封面設計　莊謹銘
內頁編排　張彩梅
校　　對　李鳳珠
責任編輯　汪郁潔

國際版權　吳玲緯
行　　銷　艾青荷　蘇莞婷　黃俊傑
業　　務　李再星　陳紫晴　陳美燕　馮逸華
副總編輯　巫維珍
編輯總監　劉麗真
總 經 理　陳逸瑛
發 行 人　涂玉雲
出　　版　小麥田出版
10483台北市中山區民生東路二段141號5樓
電話：(02)2500-7696　傳真：(02)2500-1967
發　　行　英屬蓋曼群島商家庭傳媒股份有限公司
城邦分公司
10483台北市中山區民生東路二段141號11樓
網址：http://www.cite.com.tw
客服專線：(02)2500-7718｜2500-7719
24小時傳真專線：(02)2500-1990｜2500-1991
服務時間：週一至週五09:30-12:00｜13:30-17:00
劃撥帳號：19863813　戶名：書虫股份有限公司
讀者服務信箱：service@readingclub.com.tw
香港發行所　城邦（香港）出版集團有限公司
香港灣仔駱克道193號東超商業中心1樓
電話：+852-2508-6231　傳真：+852-2578-9337
馬新發行所　城邦（馬新）出版集團 Cite (M) Sdn Bhd.
41-3, Jalan Radin Anum, Bandar Baru Sri Petaling,
57000 Kuala Lumpur, Malaysia.
電話：+603-9056-3833　傳真：+603-9057-6622
讀者服務信箱：services@cite.my
麥田部落格　http://ryefield.pixnet.net
印　　刷　漾格科技股份有限公司
初　　版　2019年6月
初版二刷　2020年4月
售　　價　399元

ISBN 978-986-97309-9-0
Printed in Taiwan.

國家圖書館出版品預行編目資料

公主不在城堡裡／潔西．波頓（Jessie Burton）著；安琪拉．芭蕾特（Angela Barrett）繪；林步昇譯. -- 初版. -- 臺北市：小麥田出版：家庭傳媒城邦分公司發行, 2019.06
面；　公分. --（小麥田故事館；67）
譯自：The Restless Girls
ISBN 978-986-97309-9-0（平裝）

873.59　　108004391